野いちご文庫

今夜、きみの手に触れさせて

tomo4

STARTS
スターツ出版株式会社

contents

characters

月島《つきしま》 青《あお》依《い》

まじめでおとなしい性格で、ひっこみ思案。初めてみた純太の笑顔が忘れられなくなってしまって…。

小《こ》泉《いずみ》 律《りつ》

美人で明るい青依の友達。純太の親友・北見くんと付き合っている。彼に頼まれて、青依に純太を紹介する。

藤《ふじ》沢《さわ》 孝《たか》也《や》

青依と同じ塾に通う、成績優秀な爽やか男子。青依に「受験が終わったら告白する」と宣言するけど…？

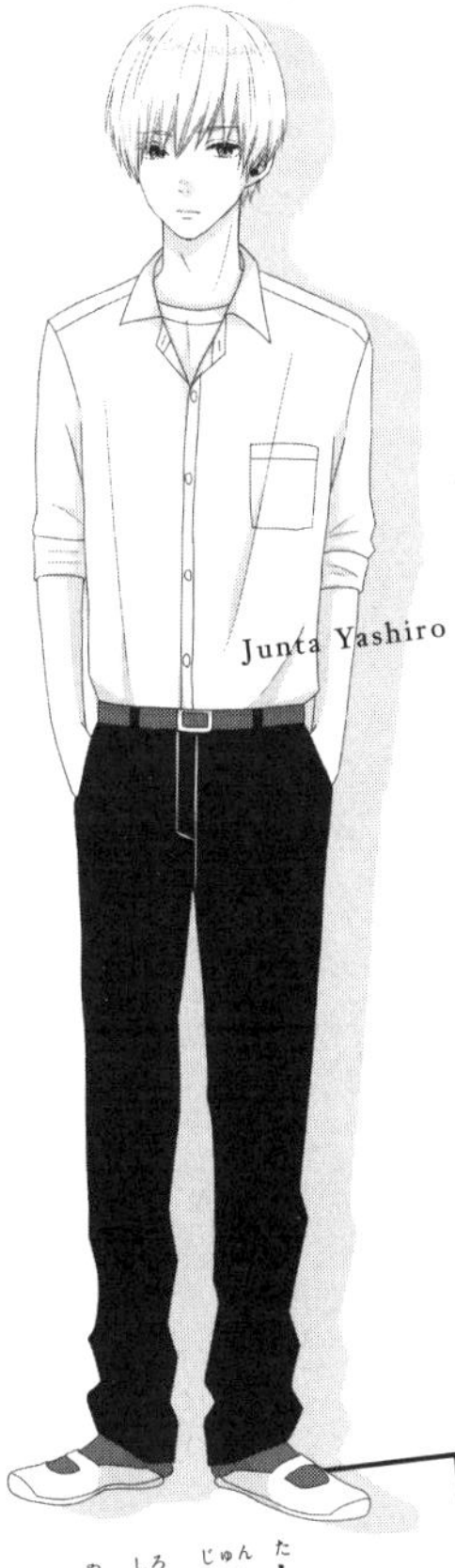

矢《や》代《しろ》 純《じゅん》太《た》

いつも不機嫌そうな青依のクラスメイト。ちょっとこわそうな見た目だけど、実は優しいらしい。

陽《ひ》に透《す》けた茶色い髪《かみ》。
その髪よりももっと透けるように澄《す》んだ瞳《ひとみ》の色——。
西陽《にしび》がさす、その部屋で
初めて貴方《あなた》に見つめられたとき
一瞬
心臓《しんぞう》がドキン、と鳴って
息が苦しくなって
うまく……しゃべれなくなった。
以来、今でもわたしはずっと、貴方といるとドキドキして
うまくしゃべれないままなんだ……。
だから
いつもいっぱいいっぱいで……、
貴方が負《お》った傷あとに
気づくことすらできなかった……。

こんや、きみのてにふれさせて

今夜、きみの手に触れさせて

tomo4

I wanna get close
to your heart.
authored by tomo

澄んだ瞳

Side．青依《あおい》

そもそも不良なのにひきこもってるとか、
よくわかんない……。

「えー、『紹介《しょうかい》』？」

目も口もまぁるくして、わたしは思わず聞き返した。

お昼休み、仲良しの律《りつ》ちゃんが突然《とつぜん》ヘンなことを言ったから。

「うん。青依に聞いてくれない？って、北見《きたみ》くんが」

北見くんとゆーのは、律ちゃんの彼氏。

中学校の三年に進級してクラスメイトになったばっかの北見くんに「ずっと好きだった」と告られて、律ちゃんはつきあいだした。

今が六月だから、もう、二カ月になるかな。

で、なぜかその北見くんがわたしに男子を紹介してくれるらしいんだ。

「相手って、北見くんの友達？」

わたしはおずおずと聞く。

「うん……」

と律ちゃんは少し困《こま》ったように笑った。

あれ？　感づかれちゃってるのかな？

実はわたしね、北見くんとか、少し苦手《にがて》なんだ……。

北見くんとか、っていうのは
北見くんの友達とか、っていう意味。

ううん、違うんだ。

北見くんはとってもいい子。

クラスで一番、いや、学年一背が高くって、いつも教室の真ん中で笑っているような人。

女子よりも男子からの信望《しんぼう》がとてもあつくて、クラスでもヤンチャしてる子たちの中心にいる存在。

本人そのものはヤンチャっていうイメージより、柔道部所属《じゅうどうぶしょぞく》でゴリゴリの体育会系《たいいくかいけい》なんだけど、まわりにはちょっとコワそーな子やチャラい子も多い。

制服を着くずしたり、髪色をビミョーに落としたり、みんな自由に生きてる感じ。

北見くんと仲がいいそっち系の女子たちは、雑誌《ざっし》の読者モデルみたいに細くてかわいい子ばっか。

いつもキラキラと輝《かがや》いて見える。

イヤだとかキライだとかじゃないんだよ。

そういう北見くんや彼の友達が、わたしは苦手なだけなんだ。

まぶしいのかな？　こわいのかな？

自分でもよくわかんない。

月島《つきしま》青依。十四歳。

「まじめだねー」とか「おとなしーね」って、わたしは人からよく言われる。

それはたぶんほめ言葉ではなくて、イコール「つまんない子」って意味だ……。

実際《じっさい》、わたしはおもしろいことなんて言えなくて、大勢《おおぜい》でいるときは、友達がしゃべるのを聞いて笑ったり、ニコニコとうなずいてばっかいる。

つまんない子っていうのは当たってるんだ。

成績《せいせき》はいいほうだけど、それはＩＱが高いってことではぜんぜんなくて、たまたま生まれた家が教育熱心《きょういくねっしん》で、小学生のときから塾《じゅく》へ行かされてたってだけの話。

そして、そーゆー親に反発《はんぱつ》するパワーもなく、おりこうさんのまま生きてきた証拠《しょうこ》。

ひとりっ子で、ひっこみ思案《じあん》で、だから友達も少ないんだけど、律ちゃんとは小学生のころからずっと仲良くしている。

同じ塾で宿題を教えあったりしているうちに親しくなったんだけど、中学校でクラスが一緒になったのは三年生の今年が初めてだった。

律ちゃんも成績優秀《ゆうしゅう》だけど、彼女に対して「まじめだねー」なんて誰《だれ》も言わない。

美人だけど明るくて気さくな律ちゃんのこと、みんな大好きだもん。

わたしは律ちゃんみたいに美人ではないし、スタイルもよくない。

身長はクラスでも真ん中より前で、
顔も体型もいまだ小学生感がぬけきれてない自覚《じかく》あり。

つややかロングヘアーの律ちゃんと違って、やわらかくて腰のないわたしの髪は、なんのアレンジもされずに、肩先《かたさき》までストンと伸びていた。

ずーっと昔から変わり映《ば》えしないショートボブ。

中身も見た目も、自信のあるところなんて、なんにもないな……。

「えっと、矢代《やしろ》くんなんだ……。青依に紹介したいって北見くんが言うのは」

と律ちゃんが言った。

「え？」

「矢代純太《じゅんた》。同じクラスだよね？」

律ちゃんが出したその名前に驚《おどろ》いて、わたしは聞き返す。

「矢代くんって、学校……来てないよね？」

「だよねー」

と律ちゃんも苦笑《くしょう》した。

いわゆる不登校《ふとうこう》ってやつだ。

3年生になってから、たぶん一度も学校へは来てないと思う。

「なんかね、幼なじみなんだって。小学校入学以来の親友《しんゆう》らしい」

北見くんと矢代くんがわたしの頭の中では、なかなかつながらない。

「今も仲良くて、毎日学校帰りに、みんなで矢代くんの家で集まったりしてるもん。実はわたしも何回か行ったことがあるんだ」

と律ちゃんは打ち明けてくれた。

「みんな、って？」

「うん。北見くんの仲間《なかま》や、その彼女とか。来たり来なかったり、顔ぶれは毎日変わるんだけどね」

「ふ〜ん」

「わたしもだんだんほかの女子たちと仲良くなってきて、最近は北見くんの部活《ぶかつ》が終わるまで、そこで待ってたりもするんだ」

律ちゃんはちょっとはずかしそうに話す。

「えー、ぜんぜん知らなかった」

「へへ、なんか言いそびれちゃって……」

そう言って笑った律ちゃんは、とっても幸せそうに見えて。

きっと北見くんのことが大好きなんだなって思う。

「でもね、親にバレそうで、ちょっと大変。帰りが遅くなったうえに、この前の中間《ちゅうかん》テストで成績が落ちたから」

「北見くんのこと、家の人に言ってないの？」

「ないない！　言ったら怒られるもん！　受験生《じゅけんせい》なのになにしてんのっておこられちゃう」

律ちゃんはブンブンと首を横に振った。

たしかにね。わたしたちは中三で、高校受験を控《ひか》える身ではあるけれども。

でもまだ六月だよ？　三年生に進級したとたんに、親からも先生からも『受験生なんだから』って、やたら言われるようにはなったけど……。

「だから青依のこともね、男子に紹介するのはむずしいかもって北見くんに言ったんだ」

と、また『紹介』の話に戻る。

「青依んちも、うちと一緒でけっこーうるさいもんね。中三の今、男子とつきあうってこと自体がムリかもって言っといた」

「うん……。たしかに」

うちのお母さん、ギャアギャアうるさいもん。

「でも律ちゃん、その前にその話、なんかのまちがいじゃない？　わたしを紹介してほしいなんて、矢代くんが言うわけないもん。『誰か紹介して』ってことなら、ほかの子にたのんだほうが絶対にいい。わたしが行ったら、がっかりさせちゃうしさ」

なるべく明るくそう言った。

でも、ここはちゃんと伝えとかないと、あとでとんだ恥《はじ》をかくことになるから。

なのにね、律ちゃんは言ったんだ。

「違うの。『月島がいい』って北見くんが言うのよ」

えー、なんで？　意味わかんない。

「青依は家がきびしいし、ほかに彼氏募集中《ぼしゅうちゅう》の子がいるよ？って、言ったんだけどね」

なんて律ちゃんは続ける。

「たぶん矢代くんと相談して青依ってことになったんじゃない？　二年生のときも同じクラスだったんでしょ？　青依たち」

い……や、たしかに去年、わたしは北見くんとも矢代くんとも同じクラスではあったけど。

「だ、だけど、矢代くんなんて、ぜんぜんしゃべったことないもん！」

彼の記憶にわたしがとどまるなんてこと、きっとなかったと思う。

矢代くんは――

二年のときはちゃんと学校に来ていて、いつも窓際《まどぎわ》の席からぼんやりと外をながめてたっけ。

授業もぜんぜん聞いてなさそうで、提出物なんて一度もだしたことがなかった。たいていの先生は、もうあきらめてしまってるのか、矢代くんには注意もしなかったしな。

休み時間は、ん～……、マンガを読んでた、かな？

北見くんたちとしゃべっていたかもしれない。

とにかく矢代くんは、誰にもなんにも無関心で、ただそこに座っているだけの人だった。

〝オレに構《かま》うな〟オーラに全身《ぜんしん》がつつまれてたから、わたしだけじゃなくて、普通《ふつう》のクラスメイトは誰も彼に話しかけたりはしなかった。

『実はキレたら、矢代が一番ヤバいらしいよ』

なんて、もっともらしくささやかれていたし……。

そんな矢代くんの目に、わたしがうつることなんて、いっさいなかったはずなんだ。

「なんか、こわいんだけど……」

思わず本音《ほんね》を律ちゃんにもらした。

そんな人を紹介されてもしゃべれる気がしない。

「ム、ムリだよ」

「だよね〜。ことわっとく?」

と律ちゃんは笑ってくれた。

えっと……でも、悪いかな?

きっと律ちゃん、北見くんのたのみなら聞いてあげたいはずだから。

「わたしもね、青依は男子とつきあうの初めてだから、やさしい子じゃないと困るって言ったんだよ」

律ちゃんはそう言ってわたしの顔をのぞきこむ。

「そーしたら北見くんてば、うれしそうに言うんだもん。『純太はオレの友達のなかで一番やさしいやつなんだ』って。だからついひきうけちゃって……」

「そうなんだ……」

「じゃ、ことわっとくね」

いつもと変わらないやさしい笑顔で、律ちゃんはこの話をおしまいにした。

その心づかいが伝わってきて、このままことわるのがつらくなる。

「あの……会うのって、ふたりっきりなの？」

そんな律ちゃんにちょっと聞いてみた。

「え、ううん。青依がOKなら、今日の帰り、わたしと一緒に矢代くんちに行くことになってたの。部活が終わったら北見くんもかけつけるって」

「あー、じゃあ……、一回だけ会ってみようかな」

律ちゃんと一緒だし。

おずおずとわたしが言うと、律ちゃんの顔がパッと明るくなった。

「えっ、いいの？　青依」

「うん。会うだけなら」

フフ、やっぱ遠慮《えんりょ》してたんだ。

矢代くんのことは苦手だし、こわいし、今リアルな彼氏がほしいってわけでもないし。


中三だし、受験生だし、会いたい要素《ようそ》はなにもないんだけど……。

でもね、ひとつだけ確信《かくしん》しているのは、会ったら向こうがことわってくるってこと。

こんなつまんない女の子と、矢代くんがつきあいたいわけないもん。

だから、一回会って丸くおさまるなら、いーやと思った。

そもそもなにかのまちがいなんだし、ちょっとはずかしいけどガマンしよう。

だって律ちゃんやさしいんだもん……！

トイレに行って鏡を見たら、前髪の端《はし》がピコンとはねてた。

水でぬらしてひっぱってみたけどなおらない。

制服のポケットの中を探したけど、失《な》くしちゃったのか、色なしのリップクリームすらもってなかった。女子力ゼロ……。

鏡《かがみ》にうつる自分が情《なさ》けなくなって、下を向いた。

やっぱガラじゃなかった……かな？　紹介なんて。

もう遅いけど……。


「ここだよ！　ここ、ここ」

放課後、学校から五分ほど歩いたところにある小さなアパート。

キュ、キュ、キュ、と鉄製《てっせい》の階段をのぼっていくと、そこに矢代くんちはあった。

律ちゃんがめくばせしてドアを開ける。

鍵《かぎ》はかかってないのか、チャイムも押さないで当たり前みたいに入っていった。

「お、おじゃましま……」

おわ、玄関には所せましとスニーカー。

そこから見わたせるリビングには、すでに十人くらい集まっていて……。

といっても、それぞれバラバラにしゃべったり、スマホいじったりしてるだけ。

「りつ～！」

「ヒナ、翔子《しょうこ》ちゃん！」

律ちゃんに手を振る女の子たちのところへ行き、とりあえずわたしたちも腰《こし》を下ろした。

西陽がまぶしい。

サッシ窓から差す陽に照らされて、部屋中が橙色《だいだいいろ》に染まっている。

みんなの髪の色はもともと明るめだから、金髪《きんぱつ》みたいにキラキラと光ってキレイ。

わたしの髪も少しは染めてるみたいに見えるのかな？

だといいな。

なんかモッサリ浮いちゃってるもん、ひとりだけ。

あ……。

窓際で、カーペットの上にうつ伏《ぶ》せになって、マンガを読んでる人。

あれだ、矢代くん。

なんか二年のときとぜんぜん変わってないや。

誰とも絡《から》まず、みんなといるのにひとりでいるみたい。

ぼんやりながめてたら、矢代くんがムクッと体勢《たいせい》を変えたので、あわてて目をそらした。

律ちゃんたちは、翔子ちゃんって人の髪飾《かみかざ》りについて「かわいい」って盛《も》りあがってる。

朝顔の花みたいに大きいうす紫《むらさき》の髪飾り。

翔子ちゃんはひとつにまとめた髪に差すように、その花を飾っていた。

「青依どうする？　北見くんが来るまで待っとこっか。よくわかんないし」

小声で律ちゃんがささやいた。

「う……ん」

矢代くんがいるってこと、言えなかった。

ホントに矢代くんに話は通ってるんだろうか？

紹介される相手が来るってのに、興味《きょうみ》なさすぎじゃない？

それとも、もうわたしを見てがっかりしちゃったあとだとか……。

「コーラのデカいやつ、冷蔵庫に入れてあるから飲んでいーよ」

と、お花をつけてないほうの女の子ヒナちゃんが言った。

ヒナちゃんたちはもうコーラをコップに入れて飲んでいる。

どうやら矢代くんちの冷蔵庫は、自由に使われてるみたい。

「わぁい、ありがと。青依の分も入れてきてあげるね」

そう言いながら、律ちゃんはキッチンへ行ってしまった。

「あ、うん……」

「………」

「………」

わ、律ちゃんがいないと気まずいな。

なにか話さないと、つまんない子だと思われる。

「あ、あの、ホントにかわいいね、その髪飾り」

話題を探せなくて、あわててそう言ったら、は?って顔された。

フン、て鼻で笑われた気もする。

今さらだよね。終わった話をわざわざもう一度振られても、なんなのって感じ……。

「おい、ヤス。次の巻」

そのとき突然、聞き覚えのある声が耳に入った。

矢代くんだ。

「お前、読むの早すぎ。次の巻は今オレが読んでるから待っとけ」

わたしたちのすぐ横のグループから『ヤス』とよばれた人が答えた。

ああ、この人知ってる。

たぶん隣のクラスの子で、しょっちゅううちの教室に来ては、北見くんたちとしゃべってるチャラい感じの人だ。

「先貸せよ。お前おせーから」

ダルそうな矢代くんの声――。

チラッと見ると矢代くんはもう起きあがっていて、壁にもたれ、足を投げだして座っていた。

自分から取りにくる様子などまったくなし。

「ったくさー、純太はわがままなんだから」

なぁ、と翔子ちゃんの横に来て、ヤスくんはぼやく。

「せっかく貸してやってんのにさー。次の次の巻もわたしとこっと。いちいちうるせーし」

そう言いながらヤスくんは、翔子ちゃんのカバンの中からマンガをもう一冊取りだした。

あ、翔子ちゃんはヤスくんの彼女？

ぼやくヤスくんを見ながら翔子ちゃんはクスクスと笑ってる。

それからヤスくんは「ん」と、なぜかわたしにマンガを二冊差しだした。

「え？」

「純太にわたして」

バチッとウインクなんかして、意味深《いみしん》に笑う。

ちょ、ちょっと待ってよ。なんでわたしが？

自分でわたせばいーのに。

てゆーか、矢代くんが取りにきたら、それですむのに。

なーんてことはもちろん言えなくて、でもこのままフリーズしているわけにもいかず、わたしは仕方なく立ちあがった。

おそるおそる、窓際に座る矢代くんに近づいていく。

ドキ……。

彼がじっとこっちを見ているのがわかる。

表情も変えずに、目だけでわたしを追っている。

その視線を感じるだけで心臓が高鳴りだした。

ドキドキドキ……。
バ、バカ、緊張しすぎ。
陽に透けた茶色い髪。

サラサラのストレートヘアが無造作《むぞうさ》に額《ひたい》にかかっている。

真っすぐにわたしをとらえる瞳。

高い鼻《はな》。

キリッとした口もと……。

まともに顔を見るのは初めてかもしれない。

矢代くんこんな顔してたんだ。

すごく……キレイな目。

瞳はやわらかな茶色。

遠慮のない視線に……

い、息がとまりそう。

「あ……」

本当にうまくしゃべれなくなって、そのままグイッと本を差しだすと、彼も無言でそれを受け取った。

ゆっくりと矢代くんの唇《くちびる》が動く。

「誰の彼女だっけ？」

ほ、ほらね、ほらね。

やっぱ矢代くん、わたしのこと知らなかった。

紹介の話も知らなかった。

「あ、あの……」

言えるわけがない。

『あなたに紹介されにやってきました』なんて。

は、はずかしすぎる。

矢代くんのリアクションがこわすぎる。

「バーカ。純太、お前の彼女だろーが」

そのとき、大きな声でそう言ったのは、いつのまにかそばに来ていたヤスくんだった。

「あ？」

矢代くんが目だけで彼を見あげる。

「修吾《しゅうご》がさー、はりきってんだよ。お前に女を紹介するって」

『修吾』っていうのは北見くんのこと。

ヒー、紹介の件は言わないでほしかった。

矢代くんは初めて聞いた事実に、ポカンと固まっている。

「ウゼ」

それからひと言だけ、吐《は》きすてた。

そうしてそのまま視線をわたしに戻すことはなく、手にしたマンガをまた読み始める。

えっ、それだけ？

そ、そーだよね。興味ないよね……。

矢代くんのうす～い反応に傷つきつつ、わたしはもとの場所へ逃げるように戻った。

ちょうど律ちゃんがコーラの入ったコップを持ってきてくれたところで、「矢代くん、紹介のこと知らなかったんだね」って小声で言った。

最後のほうの会話が律ちゃんにも聞こえていたみたい。

「うん」

で、でもいいんだ。

もともとことわられるつもりで来たんだもん。

任務は果たしたし、あとは帰るだけ。

そ、そうそう。平気平気。うんうん……。

「純太なんかやめといたほうがいいよ」

「うん、わがままだもん。女子に手だすの、早いし」

翔子ちゃんたちがそう教えてくれた。

もしかしてなぐさめてくれたのかな？

そのとき、玄関のドアが開く音がして、また新たなお仲間が入ってくる。

あ、小川《おがわ》さんだ。小川翠《みどり》さん。

一年生のとき同じクラスだった元気な子。

小川さんは一直線に矢代くんの前まで進み、ちょこんと座った。

「ねーねー純太、来月の花火大会一緒に行こっ！　今から予約！」

矢代くんはなにも答えない。

「ねー、行こーよ。いつもコンビニへ行くぐらいしか外へでてないんでしょ？」

熱心な誘いにも矢代くんは動じない。

マンガに目線を落としたまま、「イヤ」とひとことつぶやいた。

「イヤって……。キツイよ、純太」

小川さんはしょんぼりと肩を落とす。

それでもすぐに気を取り直して、また矢代くんの顔をのぞきこんだ。

「じゃあ、夏祭《なつまつ》りは一緒に行こうね！」

「イヤ」

「みんなで海は？」

「イヤ」

「じゃあキャンプ！」

「イヤ」

「もぉ！　わたしは純太のこと思って言ってんだよ？　ずうっとそうやってひきこもってるつもり？」

そこで初めて矢代くんは小川さんの顔を見た。

「わりぃ、オレ彼女できたから遠慮してくんない？」

「はっ？」

小川さんの背中越しに見える矢代くんの顔が、今度は真っすぐに小川さんを見つめてる。

「ウソばっか。わたしを遠ざけようって、ウソついてもわかるんだから！　だいたい純太ってば……」

まくし立てる小川さんの言葉を途中でさえぎり、矢代くんは言った。

「マジだから」

「ウソつき！　じゃあ彼女ってどこの誰よ？」

そう言われた矢代くんは、ゆっくりとこっちを指差した。

ん……？

えっ？　わ、わたしっ？

驚いてちょっとよけてみたけど、矢代くんの指先はわたしの動きにあわせ方向を変える。

ちょっ、ちょっと待って。それ、困る。

小川さんがものすごい形相で振り返り、わたしをにらんでいる。

「修吾の紹介なんだわ。まー、くわしいことはヤスから聞いて」

そう言うと矢代くんは、また平然とマンガの世界へ戻っていった。

ウソ……。

小川さんはいきなりすっくと立ちあがり、ズンズンとこっちに向かって歩いてくる。

なにか言われると思って身構えていたけれど、彼女はわたしをスルーして、もっと奥にいる女友達の胸に飛びこんだ。

「翠、大丈夫？」

「う……え……っ」

その胸の中で小川さんは泣いている……。

「純太、最低」

目の前でヒナちゃんがつぶやくと、小川さんのもとへと飛んでいった。

きっと友達なんだよね。

あまりの展開にあぜんとして小川さんの様子を見ていると、彼女のまわりの女の子たちに思いっきりにらまれた。

「誰、あれ。ダッサ」

「調子に乗ってんなよ」

とか聞こえる。

ドクドクと、心臓がイヤな音を立てていた。

「大丈夫だよ。青依のせいじゃないもん」

律ちゃんが手を握ってくれた。

「ったく、純太は無責任なんだから」

翔子ちゃんは肩をすくめてる。

「まぁ、あの翠って子も、今まで純太にしつこくつきまとってたからさ……嫌われてんだよ」

そう言うと翔子ちゃんは小さなため息をついた。

部屋中の雰囲気が変わってしまい、向けられた視線が、さすようにイタい。

まるでわたしが小川さんから彼氏をうばってしまったかのように、憎しみのこもった目で見られている。

違うのに。

わたしは矢代くんの彼女なんかじゃないのに……。

小川さんのさそいをことわる口実《こうじつ》に使われただけだ。

矢代くん、わたしとつきあう気なんて、ちっともないくせに、ひどいよ。

こんなことならさっさと帰ればよかった。

存在感のない、つまんない子のポジションでぜんぜんよかった。

「純太の彼女なんだって？」

「あいつ、わがままだけど、よろしくな」

空気の悪さにいたたまれず、そんな声をかけてくれる男子もいたけれど、どんな顔をすればいいのかわからない。

だって彼女じゃないんだもん。

真っ赤な顔になって小さく首を横に振り、下を向いて固まっていた。

早く帰ろう。泣きそうだ……。

そのとき――

誰かの指先がちょんと、わたしの頭を突っついた。

「コンビニ、行く？」

見あげると、そこに矢代くんが立っている。

わたしの返事も聞かずに、矢代くんは律ちゃんに話しかける。

「カバン、どれ？」

「あ、青依のはこれだけど」

そう答える律ちゃんに、矢代くんは告《つ》げた。

「そのまま帰るから」

たぶん、わたしのこと……？

矢代くんはわたしのカバンのもち手をつかむと、もう一方の手で、わたしの手を取った。

え？

左手が、矢代くんの右手につながる。

その手にひっぱられるように立ちあがり、玄関まで歩いていく。
ダ、ダメだよ。こんなの見たら小川さんがまた泣いちゃう。
頭の中ではそう思うのに、ぐっとつかまれたその感触を振りはらえずに、わたしはそのまま部屋をあとにした。

「まぶし……」

表へ出て歩きだすと、矢代くんはかたむいた陽の光に目を細めた。

あとは無言のまま、ふたりで歩く。

さっきつながった彼の手は、今でもゆるーくおおうようにわたしの手にかぶさったままだ。

だからドキドキしてなにも言えなくなるよ……。

そおっと隣を見あげると、矢代くんはすました顔をして前を向き歩いていた。

真横を歩く矢代くんは、やっぱわたしよりもずいぶん背が高い。

どーしてあんなこと言ったの？

どーして連れだしてくれたの？

どーして手をつないだままなの？

どーしてなにも言わないの？

声にならない質問が、心の中にあふれてくる。

「あ、カバン」

自分のカバンを矢代くんに持たせたままなことに気づき、やっと声がでた。

「あの、わたしのカバン……」

もう一度言ってみると、矢代くんは初めてこっちを向いた。

「いーよ。持ってやる」

そんなやさしい言葉を、軽やかにスラッと言う。
あんまりにも自然だからびっくりしちゃった。
部屋でヤスくんと話しているときも、小川さんとしゃべってるときも、
すごくテンション低くて不機嫌《ふきげん》そうだったから、
もっとこわい感じの人かと思ってた。
「で、でも、自分のカバンだから、自分で持つ……よ」
そう言うと、矢代くんはちらりとまたわたしを見る。
「そっか?」
差し出されたカバンを右手で受け取る。
左手はまだ矢代くんの手とつながっているから。
矢代くんはきっと、女の子と手をつなぐのとかなれてるんだよね?
そう思ってしまうほど、とても自然に彼はわたしの手をひいて歩いていた。
ヒナちゃんの言葉を思い出す。手が早いとか……。
わたしは男子と手をつなぐのなんて生まれて初めてだ。
つきあったこともないもん、だからまぁ、当然なんだけど……。
で、今、つきあってもない人と手をつないで歩いてる。
きっとヘンだよ、これ。

なのになんの疑問も感じていないようなすました顔で、矢代くんは当たり前のように歩いていく。

どこへ？　コンビニ？　なんで？

たとえば『オレのせいでおかしなことになっちゃってゴメン』とか、『紹介なんて、修吾が勝手に仕組んだことで、そんなつもりはないんだ』とか。

なにか言ってくれてもいいと思う。

それなのに矢代くんは、ただ手をひいて歩いてるだけなんだ。

なにを考えてるのかわかんない。

きっとドキドキしてるのはわたしだけ。

手、汗ばんできたらヤダなぁ……。

「アイス食う？」

つないでいた手が少しひっぱられ、ふいに矢代くんが立ち止まった。

気がつくとそこはコンビニの前で、涼やかな瞳がわたしの顔をのぞきこんでいる。

「あ、え？」

遠慮のないその目にドキッとして、なにを聞かれたのか、一瞬わからなかった。

やっぱり返事を待たずに、矢代くんは店内へと入っていく。

ひっぱられるままについていくと、彼はアイスクリームのショーケースの前で、やっとわたしの手をはなした。

「オレ、これ」

矢代くんは即決《そっけつ》でソーダ味のガリガリしたアイスバーをつかむと、こっちを見る。

お前は？って聞く代わりに、首をかしげて人の目をのぞきこむ。

う……。目でしゃべるのやめてほしい。

ドキドキするもん。

わたしはあわててバニラのカップアイスを手に取った。

シャキシャキの氷が入っていておいしいやつ。

「ん」

それをサッとわたしの手から取りあげて、矢代くんは自分の分と一緒にレジへ精算しにいく。

ジャージのポッケからカードを取りだして、彼はそれで支払いをすませていた。

「あ、あの、これ……」

戻ってきた矢代くんに自分のアイスのお金を差しだしたけど、片手で軽く制するだけで、受け取ってはくれなかった。

スタスタと店を出ていく矢代くんのあとを追って、わたしも表へでる。

あれ？

一瞬、彼の姿を見失ってキョロキョロと探すと、矢代くんは駐車場にある車止めのコンクリートに腰を下ろすところだった。

で、もう袋からアイスを取りだしている。

えっと……ここで一緒に食べるんだ……？

近づいてみると、矢代くんの座っている車止めはそんなに大きくはなくて、並んで座ったら、肩とか触れあっちゃいそうだ。

でも矢代くんはそのコンクリートの真ん中には座らずに、左側に寄ってちゃんと隣を空けてくれている。

ここに座れってことだよね？

立ったままでいると、不思議そうに見あげられた。

こ、これしきのことで、いつまでもためらってたら不審《ふしん》がられる。

思いきって矢代くんの隣にストンと腰を下ろし、アイスを受け取った。

ドキドキドキ……。

心臓の音を聞かれないように、背中を丸め、こそこそとバニラアイスを食べていると、横で小さな息がもれた。

クス……と、笑われた気がする。

それを確認しようと顔をあげるより先に、聞かれた。

「お前、何年生なの？」

な……？

ほっ、ほらね、こーゆーこと言う。

「さ、三年」

答えたあとで、ドッと落ちこんだ。

やっぱわたしのことなんか、この人の頭のどこにも記憶されてはいないんだ。

『去年一年間、同じ教室で過ごしたんだよ？』

『今だってクラスメイトなのに』

そんな言葉はやっぱり飲みこみ、わたしはもくもくとアイスを食べ続けた。

これを食べたらさっさと帰ろう。

家に帰ってご飯食べて、八時から塾だし。

今日はもうホントに疲れた……。

身のほど知らずなことをした罰《ばつ》かな？

矢代くんがわたしを紹介してほしいだなんて、思うわけないのに。

明日、小川さんに話して誤解を解こう。

本人には存在すら知られてないのに、まわりからはつきあってると思われるなんてイタすぎる。

そんなのでうらまれるとか、割にあわないよ。

「いらねーの？」

あれこれと思いをめぐらせていたら、不意にそう聞かれた。

はっ。

隣を見ると、矢代くんはもうとっくにアイスを食べ終え、こっちを向いて待機中《たいきちゅう》。

「うまそーなのに、それ」

わたしのカップにいっぱい残っているアイスを見てつぶやいたんだ。

わわっ。

どアップのその顔にあわてふためき、わたしはとってもヘンな発言をしてしまった。

「あっ、ひと口食べる？」
バ、バカ……！
よく律ちゃんとひと口ずつ食べさせあいっこするから、思わず口走ってしまったん
だけど、矢代くんがわたしの食べかけなんて、食べるわけないじゃん。
「ん。いる」
なのに矢代くんってば、平気でそう言うと無邪気《むじゃき》に口を開けたんだ。
あーん、って。
ウソでしょ……？

大きめのひと口をスプーンにすくい、わたしは矢代くんの口の中へとアイスを運んだ。

そ〜っと、落とさないように……。

アイスの冷たさに、キレイな瞳がキュッと閉じる。

「うまっ」

とそれから、満面《まんめん》の笑顔になった。

プフ、子どもみたい。

「アイス、好き？」

そう聞くと、矢代くんは一瞬、黙ったままこっちを見た。

それから顔を前に戻して「うん」とうなずく。

「もっと食べる？」と聞いてみると、今度は首を横に振った。

「もー満足」

そう言って、矢代くんは前を向いたまま笑ったんだ。

夕風が吹き、矢代くんのサラサラの髪をなびかせていく。

もう少しで陽が落ちる——。

「じゃあ、わたしこっちだから」

コンビニの前で、来た道とは逆の方向を指差して、わたしは彼にバイバイを告げた。

「送んなくていーの？」

矢代くんはやっぱりサラリと聞いてくれる。

「うん。塾のときとか、もっと遅い時間にひとりで帰ってるから平気」

「そっか」

矢代くんの澄んだ瞳が真っすぐこっちに向けられた。

「オレ学校にいないからさー、小川翠になんかされたら、修吾に言って」

一応気にしてくれてるんだね。

「うん」

吸いこまれそうな茶色い目――。

こんなふうに見つめられるのは、きっともうこれが最後……。

そう思うと、胸がキュンとした。

「あー、名前なんだっけ？」

一歩行きかけて、矢代くんが立ち止まる。

「月島青依」

「どんな字？」

「お月様の月に、島国の島。青色の青に、えっと……ニンベンにコロモだよ」

「ニンベンにコロモ、ね」

ゆっくりとくり返す彼。

覚える気もないのに、聞いてくれる人。

「じゃあ」

「ん、またな」

ふんわりとほどけるやわらかな笑顔に、ドキッとする。

『また』はないのに、笑ってくれるんだ……。

家までの道のり、わたしはずっと矢代くんとのことを思い返していた。

左手の……手をつないだ感触がいつまでも消えなかったよ。

青い月

Side．純太

いつのまにか空に
月が静かにのぼっていた……。

家に帰ると、今日も修吾が来ていた。
だから一段と騒がしい。
声がやたらデカいんだ、あいつは。
ジャーッと、電子ケトルに水を張り、スイッチを押す。
キッチンの棚からストックのカップ麺《めん》を取りだして、ふたを開けたところにヤスがやってきた。

「おー純太、それ晩飯《ばんめし》か？」

「食う？」

「いや、もう帰るし。送んなきゃだ」

な〜んて言ってヤスは、自分の彼女が座っているほうへ目をやった。

「お前さー、女連れでこんなとこにたまってんじゃねーよ。もっとおしゃれなとこ行けば？」

ヤスもみんなも、なぜか学校帰りにオレんちで寄り道していく。

まー、うちは父親がいないし、母親の帰りも遅いから、居心地《いごこち》がいいんだろう。

みんなでダラダラ過ごしてはそれぞれ家へ帰っていくのが、ちょっとした習慣《しゅうかん》で。

別に絡む気ねーから、どうでもいいけど。

「は？　純太が学校来ないから、顔見にきてやってんだろーが。感謝してくれる？」

「ウゼーし」

カチッとケトルのスイッチがあがって、わいた湯をカップに注《そそ》いだ。

それからヤスにゆるりとケリを入れておく。

「よ、純太。帰ったか」

修吾が近寄ってきてニカッと笑った。

北見修吾。こいつが一等ウザいやつ。

「自分ちだからな、帰るに決まってんだろ」

つっけんどんにそう言うと、

「いきなりかみつくなよ」

と肩をポンポン叩いてきた。この距離感がまずウザい。

「あっ、純太、またカップ麺なんか食ってんのか？　おばさんがいつもなんか作って冷蔵庫に入れてくれてんだろ？」

やつが眉《まゆ》をひそめる。

「食うよ、それも。ときどき」

「ときどきじゃなくて、いつも食えって」

とわかったような口をきいた。

お前んちと一緒にすんな。

「うちはときどき食うぐらいがちょうどいいの」

「なんでだよ？」

こいつマジでわかんないらしい。

いーよな、愛されて育ったやつは。

「オレが毎日食っちまうと、向こうは毎日作らなきゃなんないだろ？」

「なに言ってんだよ。お前のためなら飯ぐらい、おばさんは毎日作ってくれるって」

修吾は精悍《せいかん》な顔を真っすぐこっちに向ける。

だからこいつはめんどくさい……。

町はずれの老人福祉施設《ろうじんふくししせつ》で働くうちの母親は、毎晩十時過ぎに帰ってくる。

朝早くから出勤《しゅっきん》しているけれど、毎日残業しないと人手が足りないらしい。

自分は職場の給食があるから、家で母親が作る料理は、ほぼオレ用。

いつもおかずを何種類か冷蔵庫に作り置きしてくれている。

カップ麺やらレトルトやらの常備食《じょうびしょく》も切れないように補充《ほじゅう》してくれているし、母親の預金口座から引き落とされるコンビニのカードもわたされていた。

だからオレは冷蔵庫の料理を食べ尽くしてしまわないように、こうしてカップ麺やコンビニでなにか買って食うことにしてるんだ。

オレが食ったり食わなかったりするから、母親も料理を、作ったり作らなかったりしている。

夜勤や、どっかのおっさんとのデートの予定が急に入ったとしても、翌日のオレの飯を気にする必要はない。

オレの父親とは、オレが一歳のころ、その顔を記憶にとどめる前に離婚ずみだから、なんの遠慮もいらないわけだし。

こっちも適当にやっとくから、そっちも適当にやればいい。

そうじゃないと息苦しいんだ……。

〝お互いに向きあわずに生きる〟

それがここ数年のオレと母親とのふたり暮らしにおける暗黙《あんもく》のルールだった。


「そんなことよりも、純太」

できあがったカップ麺をすすり始めたとき、修吾が一段とでかい声をあげた。

「月島のこと送ってったんだって?」

「それそれ!　どーだったんだよ、彼女」

と、ヤスもニヤニヤこっちを見る。

さっきから聞きたくてうずうずしていたようだ。

いつのまにか修吾の横から、やつの彼女も心配そうにこっちを見ている。

キッチンのイスに座って食事中のオレを、みんなでぐるりと取り囲むから、食いにくいったら。

「送ったんじゃなくて、コンビニ行っただけ」

ムスッとそう答えたら、修吾はでっかい手のひらで、オレの頭をグリグリとなでた。

「そっかぁ、気に入ったか。よかった、よかった」

「いや、そんなこと言ってねーから」

「照れんなって。純太があんなに積極的《せっきょくてき》に女の子を連れだすとこ、初めて見たし！」

なんてヤスまで、はしゃぎだす。

「純太、手をつないだんだぜ？　みんなの目の前で月島の手を取って、颯爽《さっそう》とでていったんだから。マジでヤバかった、あれ」

やたらハイなヤスの横で、「うんうん」と修吾が満足げにうなずいている。

「は？　バカか、お前ら」

部屋を見渡し、翠たちがもう帰ったらしいことを確認してから、オレは言った。

「翠のせいで大変だったんだからな」

あんときあの子は……じっと下を向いて泣くのをガマンしてた。たぶん。

あーでもして連れださなけりゃ、どーなってたかわかってんの？

「あー、翠は純太にほれてるからな」

修吾が苦い顔をする。

「いや、ありゃもうストーカーだな。純太に彼女ができるたびに呼びだして文句《もんく》つけてるらしいし」

とヤスも言った。

小川翠とは小学校が同じだった。

そのころの翠は、オレのことなんか見下して、いつもバカにしていたくせに。

中学に入ってからは、なぜかあいつから告られてオレがことわる、をくり返している。

まったく意味がわかんねー。

「だいたい修吾、お前がつまんないことするからだ。女を紹介しろなんて、いったのんだ？」

吐きすてるように修吾に言ってやった。

「だけど気に入ったろ？　今までつきあってきたケバい女どもより、純太にはあーゆーまじめな子のほうが似合うんだ」

「キモ。理解者づらすんなよ」

そうつぶやくと、逆にギロリとにらまれた。

「純太、いつまでそうやってスネてんだよ？　ちゃんと向きあってくれる相手を探して、前に進めって」

なんて修吾はマジで語りかけてくる。

「ウゼ」

オレはもう修吾のほうは見ずにカップ麺を食うことにした。

お前の説教なんか聞いてられるか。

「でもな、純太。今まで誰が泣こうがわめこうがまるで無関心だったお前が、あの子のことはちゃんと気にしてやれたんだ。これはたぶんスゲーことだよ。望みはある」

修吾はさらにさむーい言葉を投げかけてくる。

「修吾お前さー、かんじんなことがわかってねーのな」

修吾はバカだ。

「引きこもりの不良と、誰がつきあいたい？　まじめな子なんだろ？　向こうがイヤに決まってんじゃん」

なぁ、と修吾の彼女に言ってやった。

彼女は一瞬、言葉につまってオレを見る。

「たしかに……」

横からヤスがボソッとつぶやくから、ちょっと笑った。

「それはお前次第じゃねーのか、純太」

修吾はまったく動じず、さらに意味不明なことを言いすてて帰っていった。

彼女をひき連れて。

はー……。めんどくせーやつだ。

「でもさー純太。ホントのとこは、どーなのよ」

ヤスがマンガの本を持ってきて、オレの隣に腰を下ろした。

「なにが？」

「さっきコンビニ連れてった子」

あー……。

「えらく子どもっぽかったぞ」

「だよなぁ？　オレもちょい女っぽい子のほうがいいって、修吾に言ったんだけどな、純太にはあーゆーまじめな優等生タイプがいいって聞かないんだよ」

「優等生なの？」

イメージじゃなかったから思わず聞いたら、ヤスはけげんそうな顔をした。

「勉強できるって修吾が言ってた。つーか、お前二年生のとき同じクラスだったろーが」

「え、オレ……？」

「ちなみに今年もクラスメイトだぞ、純太」

マジか……。

「一年生かと思った」

ボソッとつぶやいたら、ヤスが笑う。

「お前ってホントに他人に関心ねーのな。一年間も同じ教室で過ごしたのに顔も知らねーとか、失礼だろ。まさかあの子にそれ言ってないだろうな？」

「え？」

「『何年生？』とか聞いてねーよなって話」

あ、聞いた。

そう言えばビックリした顔してたっけか。

だけど、ちょっと目があうたびに真っ赤になっちまうから、同い年だなんてとても思えなかったんだ。

そのくせアイス食ってるとき、ノリで『あーん』っつったら、あの子は真剣な顔をして、アイスをオレの口に運んできた。

落とさないように慎重《しんちょう》に、慎重に。

で、それからあの子は聞いたんだ。

『アイス、好き？』って。

オレの顔をのぞきこんで、やさしく微笑《ほほえ》みながら……。

思い出してみると、あれは三歳児とかに話しかける口調《くちょう》だったよな。

子どもだと思われたのはこっちか……。

「純太、なにニヤついてんだよ」

ヘッ？と顔をあげると、ヤスこそニヤニヤしながらこっちを見ている。

「あ？　ニヤついてねーし」

そっぽを向いたら、ヤスはクスクス笑った。

「いーじゃん、気に入ったんなら、つきあっちゃえば」

「バーカ。だから向こうがナイって」

「こっちはアリなんだ？」

「ねーよ、バカ」

マンガの本を開きながら、ヤスがポツリと言った。

「たしかに……まじめそうだし、向こう的には純太なんかにひっかからないほうがいーんだろうけどな」

「なんだ、その言い方」

「でももうひっかかっちゃったんじゃない？　月島は」

とヤスは続ける。

「は？」

「そもそも『紹介』の件、お前は聞いてなかったろうけど、向こうは修吾から聞いて来たんだろ？　純太を紹介されるって知ってて、ここまで来たわけだからさ、別にアリなんじゃねーの？」

「適当なこと言うなよ」

「ハハ。でもまー、純太がその気なら、オレ月島に言ってやっから」

顔をあげると、ヤスはわりとマジな顔してオレを見ている。

「いや……そんな気ねーよ。めんどくさい」

だからオレもわりとマジにそう答えた。

「そっか」

ヤスはそうつぶやいただけだった。

だけど……ヤスはヤスなりに、修吾も修吾なりに、オレのことを気にしてくれているんだろうと思う。

とうとうひきこもっちまったオレのことを。


みんなが帰ると、部屋はやたら静かになった。

窓の外はもう真っ暗で、いつのまにか月が出ていた。

ゴロンと横になり、窓から月を見あげながら、兄貴のことを思い出す。

オレが学校をサボるようになったことと、兄貴のことは関係ない。

ただめんどくさくて休みだしたら、もう行く気がしなくなって、ズルズルとこうなっちまっただけだ。

それでも修吾が『前へ進め』なんて言うのは、兄貴がいたころのオレを知っているから。

あのころのオレは、つまんないことで、笑って、泣いて、バカやって。

たぶん、もっと輝いていたから……。

だから修吾は今のオレにムカつくんだろうな。

あの月島っていう女の子をぶつけてきたのだって、恋でもして、オレが立ちなおればいいと思ったのかもしれない。

立ちなおる？　……なにから？

死んだのは兄貴だ。

不意《ふい》の交通事故で突然命を絶《た》たれて、悔《くや》しいのも、悲しいのも兄貴だ。

つらかったのも、無念《むねん》だったのも兄貴だ。

だからオレは、もっと生きたかったはずの兄貴の分まで、精いっぱいに生きなければならない。

そんなことはわかってる。

だけど……。

三年前に兄貴が天国へ逝《い》って以来、オレも母親も、変わってしまった。

見える景色《けしき》も、聞こえる音も、どこか他人事《ひとごと》のように消えていく。

現実が現実じゃないみたいなんだ——。

時間が、あそこから動かない。

引力

Ｓｉｄｅ．青依

見えない力に
ひきよせられていくみたいに……
貴方のことばかり考えてしまう。

矢代くんの家へ行った翌日――。

遅刻《ちこく》すれすれで教室についた。

「どーしたの、青依？　さっき見かけたんだけど、校門を通り過ぎてどっか行ってなかった？」

隣の席から律ちゃんに聞かれる。

「あ、うん。道に迷ってる人がいたから」

「え？」

「市民病院へ行くのに、バス停をまちがえて降りちゃったんだって」

困っているおばさんがいたから、道順をうまく説明できるように、大通りまで一緒に歩いていっただけ。

まだ時間あったし。

「まーったく。青依らしいなぁ」

と律ちゃんは笑った。

へへ。要領《ようりょう》悪いよね。

自分が方向音痴《おんち》だからか、建物を見ないとうまく説明できなくて……。

「ねねっ、月島さん。英語のノート貸してくれない？」

そこへクラスメイトの女子が声をかけてきた。

なんだかあわてている様子。

「今日二限目の授業でノート提出でしょ？　一限の間に写しちゃうからさ、お願いっ」

「あ、うん。いーよ」

両手をあわせておがむその子にノートを手わたした。

「サンキュー、助かる〜！」

言いながら去っていく後ろ姿を眺めながら、律ちゃんがつぶやく。

「あの子、ノート提出のたびに青依に借りにくるじゃん」

「あー、うん。そうかな」

「人が好すぎるよ、青依《よ》は。時間かけて仕上げたノートでしょ？」

「う……ん」

本当はあの子のためにもよくないってわかっている。

でもうまくことわれなくて……。

「わたしなら適当にウソつくけどね。『わたしもまだだから一限目に書きあげちゃおうと思ってんの、ゴメンね〜』とか」

歌うように律ちゃんは言った。

すご〜い、律ちゃん。そう言えばいいのか。

「ダメだな、わたしって。ホント要領悪い」

軽くため息をつく。

「じゃなくてやさしいんだよ、青依は……。困ってる人を見るとほっとけないんだから。そのやさしさにつけこむ人がいるからムカつくのっ」

と律ちゃんは口をとがらせた。

やさしいのは律ちゃんだよ。

こんなふがいないわたしのために、おこってくれたりするもん。


休み時間の教室で、主《あるじ》の来ない空席を、なぜか見つめていた。

教卓の真ん前の席は、四月からずっと空いたまま。

どうせ来ないからって誰かが代わって、矢代くんの席はずっとあそこ。

「席、ちゃんとあるんだね」

ずーっとぼんやり見ていたからか、律ちゃんが小声でささやいた。

「うん」

その席のことも、矢代くんが学校に来てないことも、昨日までは気にもとめていなかったのに……。

「気になるの？」

律ちゃんがいたずらっぽく、わたしの顔をのぞきこむ。

「ううん」

あわてて首を横に振った。

昨夜律ちゃんに塾で会ったときも、こう説明したんだ。

『コンビニ行ってアイス一緒に食べただけで、なんてことなかったよ』って。

それはホントのこと。

なんてことはなかった。

矢代くんは絶対に、もう忘れちゃってるくらいのちっぽけな出来事《できごと》。

それなのに矢代くんの笑った顔とか、ゆるく握られた手の感触とか、やわらかくて澄んだ瞳の色を……ずっと思い出しているこっちがおかしい。

ヘンだな、わたし。

気がつくと、脳が勝手にリフレインし始めるんだ。

声の感じとか、アイスを食べたときの満足げな表情とか……。

プフッ、あれはちょっとかわいかった。

「あ、笑った。青依〜」

律ちゃんに冷やかされる。

「ち、違うよ。そんなんじゃないって。もー、誰かにカン違いされたら困る」

そうそう、それこそが我が身に降ってわいた切実《せつじつ》な問題。

律ちゃんもあわてて両手で口を押さえた。

とにかく早く小川さんの誤解を解かないと、イヤな目にあいそうで……。

矢代くんとはなんでもない。

あれが始まりで、あれが終わり。

その真実を早く伝えにいかないと……。

「小川さん三組だっけ？　お弁当食べたら行こっかな」

矢代くんとはなんでもないって説明するんだ。

「うん。一緒に行こう」

律ちゃんが大きくうなずいてくれた。


そして昼休み——。

律ちゃんと教室でお弁当を食べていると、背後《はいご》から声をかけられた。

「月島、ちょっといい？」

「え？」

振り返ると北見くんがいる。

「あ、うん」

おずおずとうなずくと、北見くんは律ちゃんの向かいの空席に腰を下ろした。

「オレも～」

隣のクラスのヤスくんもいて、彼はわたしの真向かいに座る。

う～、苦手だな、こーゆーの。

ヤスくんがニヤニヤとしながらわたしの顔をのぞいてくるから、よけいに口ベタになりそうだった。

「昨日は来てくれてサンキューな、月島」

北見くんが最初に口を開く。

ううん、と首を横に振ると、彼は続けてこう聞いた。

「どう？　純太……ダメかな？」

「ダメって？」

「あいつとつきあう気、ない？」

は？

どこをどうねじ曲げて、そういう話になるの？

「そ、そんなこと矢代くんが求めてないから……」

口ごもりながらそう答えると、北見くんはとってもマジな顔で言った。

「いや、とりあえず純太の気持ちは置いといて……月島的にはどうかな？　友達として話し相手になるくらいなら、いい？」

えっ、顔はマジだけど、言ってることはとってもヘン。

「えっと、矢代くんの気持ちを置いとく意味が、よくわかんない……」

なんとかそう伝えたら、ヤスくんが笑った。

「だよな〜？」

律ちゃんも北見くんをたしなめる。

「どういうことなの、修吾……。青依は小川さんたちに誤解されて、イジメにあうかもしれないんだよ？　わたしたち、今から小川さんのところに話しに行くんだから」

おお、律ちゃんはいつのまにか北見くんのことを『修吾』と呼んでるようだった。

そうして、小川さんの件では、わたしのことを本気で心配してくれている。

「ああ、小川翠にはオレから話しとくよ。オレが月島にたのんだんだってことも、純太とはまだなんにも始まってないってことも」

北見くんはそれから、少し困ったような顔をしてこう言った。

「月島が純太の話し相手になってくれるといいなぁって思ったんだけど……」

な、なんでわたし？

ムリだよ。

だって矢代くんといると、ドキドキしてしゃべれなくなるもん。

「昔は明るかったのに、あいつだんだんしゃべんなくなるし、とうとう学校にも来なくなって……心配なんだ」

友達を気づかう北見くんの気持ちはわかる。

そーゆー北見くんが、律ちゃんの彼でよかったって思うよ。

だけど、これはやっぱ人選ミスだと思う。

わたし、矢代くんの話し相手なんてできないもん。

「あの、わたしね……話すの苦手なの。だからゴメンね、ほかの人にたのんで」

わたしがそう言うと、北見くんはガックリと肩を落とした。

「そっか。ムリか……」

「そりゃそーだよ、修吾にたのまれたって、当の純太がどう思ってるのかわかんねーのに、行けないよなぁ?」

ヤスくんがそう言って笑った。

ホントにそうだ。

こんなんで調子に乗ってのこのこでかけていったら、また矢代くんにキョトンとされちゃう。

うんうんと大きくうなずいていると、ヤスくんはニッコリ笑ってわたしを見た。

「じゃあもし、純太が直接『遊びに来いよ』っつったら、行く?」

え……?

矢代くんにそう言われたら……?

リアルに想像してしまい、顔がほてってってくる。

『またな』って笑ってくれた顔を思い出しちゃった。

「い、言わないもん、矢代くんはそんなこと」

あわててそう答えたときには、きっとわたしの顔、赤くなっていたと思う。

「ふうん」

ヤスくんはそんなわたしをじーっとながめていた。

「でも矢代くんって、青依にすすめて大丈夫な人なの？　ウワサによると、わがままで、女の子に手が早いらしいし」

律ちゃんが北見くんに鋭く切りこんでいく。

きっとわたしのことを心配して聞いてくれてるんだろーけど、もうことわったからいいんだよ？

「いや、たしかに純太は向こうっ気が強くて、わがままなところがあるけど……」

北見くんはちょこっと口ごもった。

「自己チューだし、やる気はねーし、ガマンもできねーしな」

とヤスくん。

「ちょっと！　そんな子を青依に紹介しないでよ」

ふたりの言葉に、律ちゃんがキレた。

「いや、だけど、なぜかみんな純太が好きなんだ。なんだろう、あれ」

とヤスくんは苦笑する。

「やさしいんだよ、純太は」

北見くんはなぜだかグ～ンと胸をはった。

「前にも聞いたけど、それホントなの？　むしろ冷たそうでこわかったんだけど」

律ちゃんは納得しない。

「大丈夫。純太はやさしいやつだから。小学三年生のとき、学校で飼《か》ってたウサギが死んじまってさぁ、クラスで一番泣いたのは純太だったからな」

なんてことをマジで言う。

「ぶっはっは、初耳だ～、それ」

とヤスくんは爆笑しだした。

「お前、それ純太に言うなよ。殺されるぞ」

北見くんがあわてて釘《くぎ》をさす。

フフ、小学生の矢代くんかぁ……。かわいいだろうな。

「でも女の子に対して『手が早い』っていうのはどうなの？　女子的にはかなりひくんだけど」

と律ちゃんは話を戻した。

「いや、あれはさー、純太のせいじゃなくて、相手の女が相当遊んでるクチね」

そうヤスくんは肩をすくめる。

「純太は、あれで結構モテるんだ。でもめんどくさいらしくて、告られたらいつも即答でことわるんだけど、ときにはしつこい子もいてさ……。そーゆーのに押しきられて、ときどきつきあったりしてたから」

「えー、押しきられちゃうの？」と律ちゃん。

「たぶんことわることすらめんどくさくなっちゃうんだろーな。あんまりグイグイ来られると。で、あとは流れで……、まーいろいろな」

なんてヤスくんは言葉をにごした。

「……やっぱ、手、早いんじゃん」

ボソッと、律ちゃんがつぶやく。

「いや、でも、いつも長続きしないんだよ。純太は気まぐれだから、放置《ほうち》されて、女のほうが別の男に乗りかえるってパターン」

ふ〜ん……。

……………。

ヘンだな。

本当にヘン。

わけのわかんない気持ちが心の中に渦巻《うずま》いている……。

矢代くんがすごーく遠くに感じた。

もとから近くになんかいないのに。

胸の奥がぎゅっと……痛い。

「でも、まぁ、いつでも気が向いたら純太んち遊びにいってやって」

北見くんがそうしめくくって立ちあがった。

「会話が不安なら、オレだって律ちゃんだって翔子だっているんだから、みんなでこんなふうにしゃべってりゃいーの」

ヤスくんはそんなことを言ってくれた。

去っていくふたりをながめながら、小さなため息をつく。

矢代くんの家にはもう二度と行かない。

場違《ばちが》いなのはわかっている。

今の会話で、彼が別世界の人だってことが身にしみた。

わたしが経験してないようなことを、矢代くんはすんなりとすませている。

キスをしたり、ベッドインしたり……。

『流れで……まーいろいろ』って、たぶんそういうこと。

「ちょっとイヤかも」

そう言ったのは律ちゃんだった。

「矢代くんって、なんか軽そう。青依には似合わないよ」

「う……ん。でももう関係ないから」

北見くんは、大事な友達の話し相手に、ほかの誰かを探すんだろう……。

もっと矢代くんに似合う、おとなっぽくてキレイな子。

いつでも楽しく話題を振れて、矢代くんの気分をあげられる人。

わたしは少しもかすってないや――。

ブンブンと首を横に振る。

もう考えるのはよそう。

暗くなるだけだ。

なにもなかったんだもん。なにも考える必要はない……。

胸の奥にある痛みとともに、わたしは昨日の出来事にふたをして、心の奥底にしずめた。

まちがってふたを開けてしまわないように、しずめたこと自体を忘れようとした。


それからおよそひと月――。

わたしはすっかり元通りの生活を取りもどしていた。

小川さんには北見くんが事の真相を話してくれたらしく、廊下ですれ違ってもなんにも言われることはなく、てゆーか、完全にムシされていた。

律ちゃんは北見くんとちゃんと続いていて、相変わらずラブラブらしい。

でも、さすが律ちゃん。

期末試験の成績は、ちゃんとあげてきたよ。

成績アップしとかないと、北見くんとの仲が親にバレて反対されるからって、必死にがんばったんだって。

恋の力って、やっぱスゴイ。

わたしにはそんな原動力はないから、テストの結果は現状維持《げんじょういじ》がやっとだったけど。

そして、もうすぐ夏休み。

明日の終業式が終われば、わたしたちは夏休みに突入する。

「青依ちゃん」

休み時間にトイレへ行った帰りに、ひとりで廊下を歩いていたら、後ろから声をかけられた。

「あ、翔子ちゃん」

あの日、矢代くんの部屋で会ったヤスくんの彼女。

「学校ではぜんぜん会わないね～」

なんて笑っている。

「え、うん」

そういえば顔を見るのは、あの日以来だった。

学校で会う彼女は髪をキレイに巻いてスカートが超短くて、ひとりでいてもかなり目立つ。

さえないわたしとのミスマッチに、クラスメイトたちがチラ見して通るのを感じた。

「えと、なに……かな？」

ちょっと身構《みがま》えてしまう。

「これ、あげる」

翔子ちゃんは制服のポケットからなにか取りだして、わたしの手のひらに落とした。

あ、これ……。

大きな花の髪飾り。

キレイなレモン色のやつだった。

「前にわたしがしてた紫色のをほめてくれたからさー、色チで買っといたんだ」

「え？」

「ぜんぜん会わないからわたしそびれちゃってた。律ちゃんにわたしとけばよかったね」

なんて当然のことのように言う。

「え、でも……いいの？」

ビックリしてたら、翔子ちゃんは笑った。

「うん、あげる。安物だよ～」

「あ、あの、ありがとう」

やっとそう言えたときには、翔子ちゃんはもう歩きだしていて、その後ろ姿に声をかけたら、振り返って手を振ってくれた。

友達みたいに……。

髪飾りのことは、あの日話すことがなくて話題にしただけだったのに。

しかもそんな話しか振れない自分にがっかりしてた。

つまんない話しかできないつまんない子……って。

そう思われてると思ってた。

意気地なしのわたしは、あの日の出来事にはふたをしちゃって、なかったことにしてしまったのに。

翔子ちゃんは、あんなささいな会話をずっと覚えていてくれたんだ。

なくはなかったんだよね？

あの日のことは、ちゃんとあったんだ。

手のひらにまあるく咲いたレモン色の花が、翔子ちゃんがくれたその証《あかし》。

勝手に見下されてると思いこんで、

『苦手』って片づけて、

『別世界』だって逃げだして。

はぁー、わたしってホントにダメ……。

自分の弱さをつくづく思いしった。


「じゃ、またね、お先～」

夜、塾の授業が終わり、

「うん、バイバ～イ」

誰よりもすばやく教室を飛びだしていくのは、律ちゃんだ。

律ちゃんは最近、塾の帰り道を北見くんに送ってもらっている。

北見くんは塾生じゃないから、授業の終わる時間を見計らって、律ちゃんを迎えにやってくるんだ。

塾から律ちゃんちまでの徒歩十五分の道のりが、ふたりのささやかなデートコース。

そんな幸せそうな後ろ姿を見送って、カチッと自転車の鍵を開けたとき、横っちょから男子の声がした。

「月島さん」

振り向くと、同じ塾生の藤沢《ふじさわ》くんが立っている。

「夏期講習のクラスどうなった？」

藤沢くんは、突然そんなことを聞いてきた。

「うん、なんとかSクラス」

「そっか、一緒だな」

メガネの奥の目がおだやかに微笑む。

うちの塾は、ほぼ毎晩授業があるんだけど、夏休みになるとそれに加えて、日中には夏期講習が始まるんだ。

講習もふだんの授業も、成績ごとにクラスがわかれていて、地元のトップ校狙《ねら》いはSクラス、上位校を目指すのがA、そのほかはBと振りわけられていた。

夏期講習ではクラスの入れ替えがあるって聞いていたけど、結果的にはほぼ同じ顔ぶれだった。

頭脳明晰《ずのうめいせき》、爽やかメガネ男子の藤沢くんはもちろんSクラス。

わたしもかろうじてS。律ちゃんは英語がSで数学がAだった。

「もうがんじがらめって感じだよね」

「受験生だもんな」

思わずうんざりとこぼしたけれど、藤沢くんはぜんぜん平気そうだ。

塾が一緒だからときどき言葉を交わすけれど、いつも落ち着いた話し方をする彼は、こんなわたしでも構えなくてOKな人。

自由演習の時間にわからない問題があると、みんなでよく藤沢くんに聞きにいくんだ。

彼は誰に対しても親切に教えてくれて、そして、答えられない問題はない。

ホント尊敬《そんけい》しちゃう。

「月島さんも一校《いちこう》が第一志望？」

藤沢くんがちょっと首をかしげて聞いた。

『一校』というのはうちの校区のトップ校だ。

「うー、行けたらいいけど、ちょっと届かないかも」と正直に答える。

「……一緒に行けたらいいな、と思ってる」

一瞬の沈黙のあと、藤沢くんはそう言った。

「え？　うん。そうだね」

街灯《がいとう》に照らされた彼の顔をそっと見あげると、藤沢くんは意外なほど真っすぐに、こっちを見ていた。

「月島さん……、受験がすんだら告白するから」

「えっ、誰に？　なにを？」

ビックリして聞き返したら、真剣だった藤沢くんの顔が、急に照れくさそうにくずれた。

わたしがあんまりにぶいから、吹きだしちゃったみたい。

「月島さんに。好きだって」

え――――っ。

え――――っ。

え――――っ。

「い、今のは告白じゃないの？」

「今のは予告編。月島さんの勉強の妨げにはなりたくないし、こっちはOKでもことわられても、きっと普通じゃいられなくなるだろうから……」

藤沢くんはとてもまじめにそう言ってくれた。

「受験がすんだら、あらためて申しこむ。返事はそのときにくれる？」

「は、はい」

あまりのことに、そう答えるのがやっと。

男子にこんなこと言われたの初めてだもん。

「じゃあ、お互いに受験がんばろうな」

別れる前に藤沢くんはそう言って笑ってくれた。

夜道をひとり、自転車で走る。
ライトをつけて、坂道でもないのに立ちこぎなんかしながら。
ビュンビュン飛ばすと、ほてった頬《ほお》に風が当たって気持ちよかった。
赤信号で減速して、スィーと片足をついてとまる。
藤沢くんがあんなことを思っていたなんて、ぜんぜん知らなかった……。
こんなわたしのどこを好きになってくれたんだろう？
思い当たることなんて、なにひとつない。
あんなにまじめで親切でしっかりした藤沢くんに想われるなんて……こ、光栄《こうえい》だ。
きっとお互いを高められる相手。
藤沢くんとは、考え方も環境も似ている気がする。
つまんないわたしをやさしくフォローしてくれる人。
安心して任せて大丈夫。きっとわかりあえる。
でも……。
さっきから頭の中に、ちらちらと矢代くんの顔が浮かんでいた。
一回きりの思い出。
もう会えない人……。
どうしてこの状況で、彼のことを考えるのか、自分でもよくわかんない。

だけど、ふたをした気持ちの中に、小さく小さくなにかが息づいているのは感じている。

突然すぎて、偶然すぎて、自分が信じることすらできなかった想い。

わたしの手には負えなそうで、こわくなって、閉じこめた想い。

信号が青に変わって、またペダルを踏みこんだ。

今度は少しゆったりとペダルを踏んでいく。

翔子ちゃんがくれた髪飾りに。

藤沢くんの真っすぐな目に。

勇気をもらって、ふたを開けてみようか。

そうじゃないと、藤沢くんの気持ちに、なんて答えたらいいのかわからない。

自分の気持ちがわかんない……よ。

そんなことを考えながら、家まで帰った。


終業式の日。

学校は午前中に終わり、午後からは律ちゃんと塾の自習室へ行く約束をしていた。

お昼ご飯を家で食べたあと、自転車で塾へ向かう。

途中、お母さんにたのまれて郵便局《ゆうびんきょく》へ寄ったから、ずいぶん遠回りになっちゃった。

急いで自転車を走らせていると、ポツッとひと粒、雨粒《あまつぶ》が顔に当たった。
ゴロゴロゴロ……。
遠くで雷《かみなり》の音が聞こえる。
と、見る間に空が暗くなって、雨がバラバラバラバラバラッて降りだしたんだ。
わ、ゲリラだ、ゲリラ。
大粒の雨が、すっごい勢《いきお》いで叩きつけてくる。
わたしはあわてて道沿いのコンビニに自転車をとめ、店内に飛びこんだ。
とりあえずカバンからミニタオルをだして、ぬれた髪と服を拭く。
「差してもぬれちゃうか」
レジ前のビニール傘に目をやったけど、あきらめて窓際の雑誌コーナーへと回った。
ここで少し雨宿りしたほうがよさそうだ。
律ちゃんはまだ家を出ていなかったらしく、『雨がやんでからにしよっか?』って
メッセージがきていた。
『うん。こっちも雨宿り中』と返しておく。
雑誌のラックから目線をあげると、窓ガラスの向こうは叩きつける雨で見えにくい。
すごい雨……。
あ。

大きな道をはさんだ向かい側に、別のコンビニが見えた。

あれはたぶん、あの日矢代くんと行ったコンビニ？

一緒にアイスを食べたところだ。

えー、向こうに行けばよかった。

もしかして矢代くんに偶然会えたかもしれないのに……。

やっぱ、わたし、もう一度会いたい……な。

そのとき、雨音に交じって、ヘンなさけび声が聞こえてきた。

「ん？」

窓の外の広い駐車場に目を凝らすと、このどしゃ降りのなかで騒いでる子たちがいる。

子どもじゃなくて、結構大きいんだけど……。

追いかけっこ？　遊んでんのかな？

突然できた大きな水たまりに、足をバシャッと踏み入れて水を飛ばしあったり、押したりひいたりしながら、水たまりの中へ落としあいっこをしている。

そんなことしなくても、空からザーザー降ってくる雨でびしょぬれなのに、雨に打たれながら、走り回って大はしゃぎだ。

あれ？　ヤスくん？

よく見ると、どの子も見覚えのある顔で……。
うん、まちがいなく同じ学年の男子たちだった。
アハ、やだ。子どもみたい。バカだな〜、男子って。
でも、めちゃ楽しそう。
あ、ヤスくんピンチ！
背後から忍びよる影に突き飛ばされて、ヤスくんは水たまりの中へ転《ころ》がされた。
その姿を見て、大笑いする横顔──。
え？　や、矢代くん……？
心臓が……ドキュンと鳴った。
心が一瞬でひきよせられる。
あんな顔初めて見た。あどけなくて、子どもみたいな笑顔。
か、かわいい……！
プフフ、興奮したヤスくんに追いかけられて、矢代くんはバシャバシャと走っている。
あ、今、おしりにケリを入れられた。
それでもふたりともゲラゲラ笑っていて……え、こっちへかけてくる？
ほかの子たちもみんなひきあげてきて、わたしの目の前にある窓ガラスの向こうに、後ろ姿がずらりと並んだ。
自販機の缶コーヒーを飲みながら、店の軒下《のきした》で雨宿《あまやど》りするらしい。
わ……。
矢代くんの背中が、ちょうどわたしの真ん前にあった。
こ、こんなことってあるの？
その距離は、ガラスを隔ててほんの一メートルぐらい。
手を伸ばせば届きそう。
ド、ド、ドキドキするよ……！
矢代くんは、ずぶぬれの背中を少し横に向けて、隣の子としゃべっていた。
片手には缶コーヒー。
もう一方の手でぬれた前髪をあげて、後ろになでつけている。
その仕草も、髪型も、表情も、さっきまでとは違って、なんだかとてもおとなっぽい。
ドキドキがとまらなくて、困った。
そのくせ目がはなせないんだから……。
こっそり見つめていたら、視線を感じたのか、不意に矢代くんがこっちを向いた。
わわわっ。

ドッキ――――ン！

目があって、固まる。

う、動けない。

目をそらすことも、隠れることもできなくて、ただ突っ立って、ボワッと赤面していくのみ。

そんなわたしを見て、矢代くんはキョトンとしていた。

そ、そりゃそうだ。彼はわたしのことなんか忘れちゃってるに違いないから。

一年間同じ教室にいたのに覚えてなかったぐらいだもん。

それなのにわたしってば、こんなにフリーズしちゃって……。

どうしよう。ヘンなやつだと思われる……。

そう思ったとき、矢代くんの顔がニコッと笑った。

う、うそ……。

まさか、わたしに？

いや、そんなはずはない。

キョロキョロと左右を見ても、後ろを振り返っても、ほかには誰もいなくて……。

ただ真っすぐに見られていることがはずかしくて、思わず下を向いてしまった。

や、矢代くん、わたしのこと覚えていてくれたの？

やっとそう思い当たって顔をあげると、矢代くんはもうわたしには背を向けて、空を見あげていた。

ガーン。笑顔、返せなかった……。

せっかく笑ってくれたのに。

かわいい女の子なら、きっと笑顔を返して手なんか振っちゃう。

いや、かわいくなくたって、そうだよ。

笑いかけられたら、笑い返す。それが普通のコミュニケーション。

なのにわたしってば、あわあわキョロキョロしてただけ。

バカだ……。はずかしい……。

本当にはずかしくて消え入りたい気持ちなのに、目だけは必死《ひっし》に矢代くんを追っていた。

雨はやまない。

このままずっとずっとずっと降り続けばいい。

そうしたらわたしは、ここでこうして雑誌を読むフリをして、ずーっと矢代くんの背中を見とくよ。

思いがけない出会いに、ふたを開けてでてきた気持ち。

わたし、矢代くんが好き……だ。

やっと今、その気持ちに気づいた。

どんどんひきよせられてしまって、ちょっとこわい……よ。


しばらくたって、カバンの中のスマホが鳴る。

『今から出るね』って律ちゃんからのメッセージだった。

う……ん。やんじゃったもんね、雨。

緊張しながら息を吸いこみ、店をでた。

ミニタオルをぎゅっと握りしめて。

さっきの笑顔のお礼に、このタオルを矢代くんにわたせるといいんだけど……。

軒下にずらりと並んだ全身びしょぬれ軍団の中、
矢代くんにだけタオルをわたすワザなんて、やっぱわたしにはなかった。

あきらめて、そのまま自転車をとめた場所へ行こうとしたら、大きな声で呼ばれる。

「青依ちゃ〜ん！」

あ、ヤスくんがこっちへかけてくる。

学校でも、会うと声をかけてくれるようになっていたけど、名前呼びは初めてだな。

「フフ、びしょぬれだ」

「アハハ、バカだろ？」

ちらりと矢代くんのほうを見たら、スッとそっぽを向かれた気がした。

じゃなくて隣の子としゃべってるのか……。

「あの、これ、使って」

とっさに、ヤスくんへ持っていたピンク色のミニタオルをわたした。

「おー、ありがと。青依ちゃんやさしいね～」

なんて、ヤスくんは大声で言う。

「どこ行くの?」

「塾」

「へー、がんばってんだ。じゃーまたね」

ヤスくんがニッコリ笑って片手をあげた。

「うん。バイバイ」

歩きだした背中に声がかかる。

「青依ちゃ～ん。今度勉強教えてね～!」

「オレも～」

「オレも～」

口々にそう言われたから、振り返ってみんなに手を振った。

矢代くんは隣の子のほうを向いたままだったけど……。

バイバイ、矢代くん。
また会えるといいな……。
気づいてしまった恋は、きっと見ているだけの恋だから、
見ることもできないのは、やっぱつらい。
また会えますように……。
見あげた空に、そう願った。

スイッチ

Side．純太

スイッチを入れようにも、
どこ行ったかわかんねーもん。
オレの『やる気スイッチ』。

コンビニの中から、あの子が出てきた。

さっき……ガラス越しに目があっただけで、真っ赤になってフリーズするから、あの子だってすぐにわかった。

青色の青に、ニンベンにコロモ……。青依ちゃん……。

中に入って、翠のこととか聞いてみようかと思ったけど、修吾がいるからやめた。
いちいち介入《かいにゅう》されると、めんどくせーしな。
帰っていくあの子をぼんやりながめてたら、ヤスがかけてった。
『青依ちゃ〜ん』なんて手を振って。
で、なんか楽しそうにしゃべってる。
向こうもヤスには笑顔を見せたりするんだ？
つーか、ほかのやつらに勉強を教えてやるなんて話してる。
な〜んだ、オレらみたいの苦手なのかと思ったけど。
あの子も、こいつらも、学校ではちゃんと楽しくやってんのな。
ま、別に興味ねーけど。
へらへらとヤスが戻ってきたから、ヒョイと足をひっかけてやった。
「わっ、危ねーな。なにすんだよっ」
「別に？　さっきの続きだろーが」
しれっとそう答えたら、ヤスは「ふ〜ん」とわざとらしくうなずいた。
それからピンクのミニタオルをひらひらさせる。
「青依ちゃんが貸してくれたんだよね〜」
なんつって、そのミニタオルでぬれた髪や顔をぬぐいだす。

「あ、純太も使う?」

「いらねーし」

オレがそう答えたら、隣のやつがヌッと手をだした。

「貸して」

そう言って、そいつは顔だけじゃなく、Tシャツの中までゴシゴシやっている。

なんか……スゲー不快だ。

「なに怒ってんだよ、純太」

「別に。ぜんぜん」

ヤスがニヤついてるから、イラッときた。

「帰る」

「は? なんで」

「頭イテーから」

「ウソつけ。さっきまであんなに、はしゃいでたじゃん」

「風邪ひいたんだよ。虚弱体質《きょじゃくたいしつ》なの」

ひらひらと手だけ振って歩きだした。

「ったくもう、気分屋《きぶんや》なんだからさー、純太は」

ヤスのあきれる声が背中越しに聞こえてくる。

「お～い、待て。オレも帰る」

追いかけてきたのは修吾だった。

「後ろ乗るか？」

チャリで来たらしい。

「今日部活ねーの？」

「うん。明日から強化合宿《きょうかがっしゅく》」

修吾は自転車の鍵を開けながら、チラッとオレを見る。

「高校決めたか？」

おもむろにそう聞かれた。

「いかねーし」

チャリの荷台にまたがりながら答える。

「なんで？」

「働く」

「家……大変なのか？」

修吾の声が低くなった。

「別に」

「今はあれだぞ。奨学金とか、いろいろあるから、学費のほうは案外大丈夫らしいぜ」

若干《じゃっかん》言いにくそうに修吾は話す。

遠慮気味に、でもなんとか伝えたいらしい。

そーゆーとこ、めんどくせーのな、こいつ。

「頭悪いのに、高校いったってしゃーねーもん」

「頭なら、オレだって悪いよ」

「知ってっけど、こっちは不登校だっつーの」

修吾が地面を蹴って、チャリが走りだした。

なんか、ボーッとしてくる。

頭が痛いのはウソじゃなくて、さっきからズキズキしていた。

少し熱っぽいかも。

「大丈夫か、純太？」

オレんちの前でチャリがとまり、降りると少し足もとがふらつく。

「ホントに調子悪そうだな」

修吾が心配そうに眉をしかめた。

「頭イテー」

バイバイの代わりにそう答えて、アパートのほうへと歩きだす。

「純太。立花工業高校《たちばなこうぎょう》だ」

修吾が大声で言った。

「あ?」

「オレ、そこ受けるから」

チャリにまたがったまま、修吾は真っすぐこっちを見ている。

「一緒に高校いこうぜ」

こいつ……。こりねーなぁ。

「いかねーつったろ? しかもま～たお前と一緒かよ? バ～カ」

「バカでもいけるんだってば」

となぜか修吾はふんぞり返る。

「ハハ、受かってから言え」

めんどくさいから、もう取りあわずに階段をゆっくりとのぼった。

ゲ……。

一難《いちなん》去ってまた一難。

担任の前川《まえかわ》がドアの前に立っていた。

「なんだよ?」

思わず声がかたくなる。

「家庭訪問《かていほうもん》だ。進路相談《しんろそうだん》」

四十代のオッサン教師は、当たり前のようにそう言った。

「いやー、今日はお前とだ。お母さんとはもう電話で話した」

「いねーよ、親」

「でもオレ、熱あるんだよね」

本当にダルいからそう言ったけど、あっさりとスルーされた。

そのまま立ち話が進んでいく。

「進学希望《しんがくきぼう》だな？」と決めつけられる。

「いや、就職《しゅうしょく》する」

すると前川は、まじめに聞いてきた。

「どんな仕事？」

「え、別になんだっていーよ。中卒でやとってくれるなら、なんでもいーし」

そう言うと前川は、重〜いため息をついた。

「言っとくけど、高校へいくより働くことのほうがよっぽどしんどいぞ。それが毎日毎日何十年も続くんだぞ？」

「う……ん」

「それを『なんでもいい』なんて言うなよ、矢代」

前川の声が少しやさしくなる。

「就職希望の理由は、家計《かけい》を助けたいからか？」

「別に、そーゆーんじゃない……。自立したいだけ」

「電話で話したんだが、お前のお母さんは進学を望んでるぞ。『高校だけはどうしてもいかせたい』って、何度もお願いされた。恵まれてると思え」

そう言われると、ちょっとムカつく。

「親は関係ねーよ。自分の人生だから自分で決める」

「だな。お前の人生だから、もう一度大切に考えてみなさい」

「つーか、中学もろくに行ってねーのに、いけんの、高校？」

そこだろ？　問題は。

「今からがんばればな」

前川はカバンからプリントの束《たば》を取りだした。

「夏休みの宿題はいろいろ出ているけど、ほかはすてても、このプリント集だけは死ぬ気でやれ。五教科の基本中の基本がつまってる」

「えー、むずかしいって」

「わからなかったら職員室に聞きにこい。オレは夏休み中も結構学校に出てるから」

そう言って前川は、プリント集の表紙に自分のスマホの番号を書いた。

「来る前に電話しろよ」

「マジで？」

「で、しっかりやり遂《と》げたそれをひっさげて、新学期、教室に出てこい、矢代」

なーんて前川は言った。

「なぁ、先生はヤになんないの？　何十年も働いててさー」

「なるに決まってんだろ」

オレの質問に、前川は即答する。

「でもまー、ときどき、うれしいこともあるからな。お前から『勉強教えてくれ』なんて電話があったら、相当うれしいぞ」

「へぇ……。変わってんな」

オレがつぶやいたら、プリント集で頭をはたかれた。

イテ。

前川はそのまま帰っていき、オレはひとり部屋に入った。

部屋のすみに布団《ふとん》を敷いて、ゴロッと横になる。

進学しない理由を聞かれたとき『自立したい』って前川に言ったけど、ホントは少し違っている。

自立したいというより、もう……解放されたいんだ。

そして母さんのことも、解放してやりたい。

オレたちは、はなれたほうがきっと、お互い自由になれる。

ふたりでいるほうが苦しいんだ……。

そんなことを考えながら、オレはそのまま眠ってしまったようだった。


目が覚めると部屋はうす暗くて、キッチンには明かりが灯っていた。

額がひんやりと気持ちいい。

いつのまにか熱冷ましのシートが貼られてあった。

肌がけ布団もかかっている。

トントンと、夕飯のしたくをする包丁《ほうちょう》の音を聞きながら、オレはまた、うとうととまどろんでいた。

ん……？

人の気配《けはい》？

ピタッと首筋に冷たい手が添えられた。

母さんの手だ……。

そう気がついた瞬間、ハッと息を飲み、その手を思いっきりはねのけ、ガバッと身を起こした。

それは一瞬の出来事だった。

心臓までもが凍《こお》りついたように、身構えた体が硬直《こうちょく》している。

「ど、どうしたの、純太」

うす暗がりの中、驚きのあまり見開いた母親の目はオレを見ていた。

動けない。

「や、やだ……熱をはかろうとした……だけよ」

ふるえる声。

「わ……かってる……」

かすれる声。

オレらはたぶんあの日の、同じ光景を思い起こしていた。

あの日——。

兄貴の葬式の翌日、母さんはまだ小学六年生だったオレの首を絞《し》めた。

兄貴の事故はバイクの無免許運転で、後ろに乗せていた友達まで死なせてしまうものだったから、まわりからいろいろ責められていたんだと思う。

絶望した母さんは、オレを殺して自分も死のうとしたらしい。

布団の中で首を絞められて目が覚めたあの晩。

息ができなくて、苦しくて苦しくて、オレは母親の腹を何度もめちゃくちゃに蹴りあげて、なんとか難を逃れた。

我《われ》に返った母親の悲痛《ひつう》な形相《ぎょうそう》、声にならないさけび声。

最愛の息子に死なれ、残された息子を殺そうとまでした母さんは、絶望して近所の川にひとりで身を投げたんだ――。

すぐに助けられ、命に別状はなかったけれど。

あの日からオレたちは変わってしまった。

「バ……カね、もう、あんなことしないわよ。こわがらないで……よ」

「わかってる……」

わかってるのに体が勝手に……反応してしまった。

あの記憶がこんなにも体の奥深くに刻まれているなんて、思わなかった。

そうしてその事実は、また母さんの心をズタズタにする……。

「ゴメン……ね。すべてお母さんが悪いの……。お兄ちゃんが死んだのも、純太を苦しめてるのも、全部全部お母さんのせい……」

床に座りこんですすり泣く母に、オレはなんにも言えなかった。

手作りドーナツの行方《ゆくえ》

Side．青依

好きな人を想って作るスイーツ。

きっとわたせないと思ってたんだけど……。


「そっか、じゃあ青依は自覚しちゃったわけだ？」

夏期講習の休み時間、わたしは律ちゃんに、矢代くんに対する想いを打ちあけた。

「うん……。好きみたい。おかしいよね？」

「ぜんぜん」

律ちゃんは即答して首を振る。

「でも、ちょっと心配かな」

手が早そうで軽そうな彼は、男の人に免疫《めんえき》のないわたしにはあわないって、前に律ちゃんからダメだしされていた。

「見てるだけだから安心してね」

わたしが言うと、律ちゃんは苦笑する。

「どこで見るのよ？　学校に来ないのに」

「ああ、うん……」

そこなんだ。

「でもまぁ、想ってるだけでいいかも」

彼女になろうとか思ってないし。

いや、なれるとは思ってないし。

会えば、どーせ、ちゃんとしゃべれなかった自分にへこむんだし。

なのに……会いたくなるのは、どういうわけ？

今日だってここへ来る前、あのコンビニまで回り道をして、お茶を買ってきた。

偶然の出会いを期待して……。

もし矢代くんがいたら、あわてふためくくせに。

でも今度会えたら、自分から笑いかけてみようか？

いや、ムリムリムリムリムリ！

わたしにできることは……あの日の矢代くんの笑顔をこっそりはげみにして、この夏を乗り切るぐらいだ。うん。

ひとりうなずくわたしを哀れに思ったのか、急に律ちゃんが言った。

「ねぇ青依、久々にあれ食べたいな。レモン味のドーナツ」

「え、そう？　作るよ？」

たいしたものは作れないんだけど、昔からお菓子作りは好きなんだ。

ときどき作ってきては、律ちゃんに食べてもらったりしている。

今好評なのは、レモンの果汁とすりおろした皮を入れて作るひと口大のドーナツ。

名づけてレモンボール。

「じゃーさ、それ持って、矢代くんちに遊びにいかない？」

なーんて律ちゃんは言いだした。

「え？」

「会いたいんでしょ？　矢代くんに」

そう言ってわたしの顔をのぞきこむ。

「えっと……反対しないの？　矢代くんのこと」

律ちゃんがこんなふうに応援してくれるとは思わなかった。

「う～ん、修吾はやっぱり矢代くんのことが特別好きみたい。そのうえしっかり者の青依まで心をうばわれてるんだから、ちょっと判断できなくなっちゃった」

へへ、と律ちゃんは笑う。

「だからまぁ、ちょっと偵察《ていさつ》？　なにも『好き』って言いにいくわけじゃないんだし、そうやって、わたしじゃなくて青依が、少しずつ彼のことを知っていければいいんだなんて、ちょっと思った」

すごい、律ちゃん。

「けど青依を傷つけるような人だと、許さないんだからね」

なんてこわい顔をする。

いや、つきあってないから大丈夫……。

でも律ちゃんの言葉に勇気をもらった。

そうだよね？　好きって言いにいくわけじゃないんだし。

お菓子を持っていって、みんなで食べるだけだもん。

それなら笑顔のお礼にちょうどいい。

そうだ、翔子ちゃんに髪飾りのお礼もできるし！

それになにより、矢代くんに会える……。

「修吾もさそっとくね」

「う、うん。律ちゃんと修吾くんが来てくれるんなら……」

緊張するけど、なんとかなりそう。

あ、わたしってばいつのまにか、北見くんのことを『修吾くん』なんて呼んでいる。

律ちゃんもそれに気づいたみたいで、ニッコリと笑ってくれた。

「もう友達だもん。その呼び方のほうがしっくりくるよね」なんて。

なんだか気持ちが華やいでくる。

みんなで矢代くんの家に集まるんだ。

となると、たくさん作んなきゃね。

あの部屋には、いつも大勢集まってるもん。


そして夏休みになって初めての日曜日。

計画を決行する。

今、矢代くんちの前。

律ちゃんたちは、たぶんもう来ている。

修吾くんの部活の試合を見にいったあと、ふたりで直接向かってるって、ずいぶん前に連絡があったから。

ドアの前でスーハーと深呼吸《しんこきゅう》をする。

ピンポーン。

呼び鈴《よりん》を鳴らしてみたけれど応答はなかった。

でも、みんないるんだもんね？

いつも……開いてるんだっけ？

この前、律ちゃんがしてたみたいに、そっとドアノブを回してひいてみた。

うん、開く。

中に入って、なんだか不思議な違和感に戸惑う。

だって静かだし、クツが少ない、よ？

テンテンテン……と、視線を部屋に向けていくと、目の前のキッチンには誰もいなかった。

奥は？

「おじゃましまーす……」

声をかけたけど、返事はない。

「律ちゃん？　来てるんでしょ？」

クツを脱いで、あがっていくと——あ、矢代くん。

リビングの一番奥。

この前と同じ窓辺にもたれて、矢代くんが座っていた。

でもマンガは読んでなくて、たぶん音楽を聴いてる……の？
両耳からイヤホンの細いコードが垂れていた。
だから呼んでも聞こえなかったんだ。
それとも……眠っているのかな？
矢代くんは目を伏せて、じっと動かない。
キレイだな……。
片膝《ひざ》を立てて、壁に体を預けている彼の姿は一枚の写真みたいだった。
太陽の光で髪が輝いている。
伏せたまつ毛、高い鼻……。
はっ、見とれてる場合じゃなかった。
か、帰ろう。
だって部屋には矢代くんひとり。
この状況だとわたしは、ただの不法侵入者《ふほうしんにゅうしゃ》だ。
急いで身をひるがえそうとしたその瞬間、パチッと、矢代くんが目を開けた。
「え？」
キッチンに立ちつくすわたしを見て、矢代くんはポカンとしている。
彼の指先が、細いコードを引っかけるようにしてイヤホンをはずした。

ゆっくりと立ちあがる矢代くん。

「ゴ、ゴメンなさい。あ、あの、開いてたから勝手にあがりこんじゃって……」

かみかみで、理由にならない言い訳を並べる。

そんなわたしの目の前までやってきて、矢代くんはスラッと言った。

「いーよ。うちは誰でも出入り自由だから」

どわっ。ち、近い……。

一メートルよりも近くに立って、矢代くんはわたしを見下ろしている。

「あのっ、これっ。いつも大勢来てるみたいだから、みんなで食べようと思って」

両手で抱えた大きいペーパーバッグを、前に差しだす。

「あー、いつもはみんな学校帰りに寄ってくけど、夏休みはあんま来ねーよ？」

「そ、そうなの？　でも日曜日だし、おうちの人もいるかな、なんて思って……」

ホントにそう思って、三十個も作ってきたんだ、レモンボール。

「うちはオレと母親だけだし、母親の仕事は休みが不定期《ふていき》だから、今日も出勤」

「そうなんだ……」

はずかしい。

はりきって、こんなにいっぱい作ってきた理由が宙《ちゅう》に浮いている。

絶対気味悪く思うよね、矢代くん……。

「あの、律ちゃんと修吾くんは？　こっちに来てるはずなんだけど」

「修吾？　来てねーけど。どっかより道してんじゃね？」

そうなのかな……？

「……オレは？」

と矢代くんは聞いた。

「え？」

「食ってもいいの？　それ」

「あっ、もちろんだよ。そのために作ってきたんだもん！　あの、えっと、アイスおごってもらったお礼だからっ」

気持ち悪く思われないように、必死で理由を後づけする。

だけど矢代くんは、そこはスルーで「へー、手作りなんだ？」と手を伸ばした。

そうして彼は、わたしが差しだしているペーパーバッグの折り口を開ける。

ほのかなレモンの香り……。

キレイな指がレモンボールを一個つまみ、パクッと口に入れた。

「うまっ」

目の前の矢代くんの顔が、いつかアイスを食べたときみたいな笑顔になる。

それがうれしくって、なぜかジーンとした……。

すると、矢代くんはもう一個つまんで、今度はわたしの口の前に差しだす。

「ん」って。

え？　こっ、これは……。

食べさせてくれるってこと……？

はずかしいけど、このまま見つめあっているわけにもいかず、意を決して口を開けた。

すると彼はなんでもないことのように、ドーナツをわたしの口の中へと運《はこ》ぶ。

し、心臓が……破裂《はれつ》しそう。

「な、うまくね？」

ちょっと首をかしげてそう聞きながら、矢代くんはわたしの顔をのぞきこんだ。

わ、わたしが作ったドーナツなのに、「うまくね？」って……。

え……っと「おいしい」って答えたほうがいいのかな、でも自分が作ったんだからきちんと謙遜《けんそん》すべきかも……？

あー、ダメダメ……。言葉がうまく出てこない。

やさしい言い方にも、やわらかな表情にも、なれてなくて、困る。

矢代くんって……やっぱり謎だ。

いつもはなにに対してもまるで無関心なのに、

急にやさしかったり、急に人なつっこかったりする……。

名前も知らないのに手をひいてくれたり、ドーナツを口に入れてくれたり……。

「さとー」

それから、矢代くんはちょんちょんと自分の唇を指差した。

わたしの口もとに砂糖がついてることを教えてくれたみたい。

でも今、ペーパーバッグを両手で抱えてるから拭けなくて……。

モタモタしてたら、矢代くんの指先がスッと、わたしの唇をかすめていった。

ドキ……。

自分の指についた砂糖を、矢代くんはペロッとなめる。

ほっ、ほらっ、こーゆー感じ……！

その砂糖、わたしの口についてたやつだもん！

当然ながら、さっきからカッカと顔が熱い。

「なんで、いつも真っ赤になるの？」

意地悪じゃなく、からかってるんでもなく、
子どもが質問するように、矢代くんは聞いた。

「あ、ダメなの、わたし……。よく知らない人としゃべるときとか、はずかしかったり緊張したりすると、すぐ赤くなる……」

「よく知らない人？」

矢代くんはフッと笑って、自分を指差す。

「ち、違う。あ、いや、違わないいんだけど、でも矢代くんの場合はそういうことじゃなくて、なんて言うか……」

『よく知らない人』じゃなくて『好きな人』だから……。

なんて言えるわけがない。

「えっと……」

ひとりでパニクってると、突然、両側からムニュッと、ほっぺをはさまれた。
ウ、ウソ……。
大きくて冷たい矢代くんの両手。

「赤いと、やっぱ熱いんだな」

なんてつぶやく。

お……温度をたしかめてる、の？

体中が、さらにカーッと熱くなる。

そのとき、玄関のドアが開く音がして、誰かが入ってきた。

「純太っ、いるかーっ？」

そうさけんでいるのはヤスくんで、なんか尋常《じんじょう》じゃない様子。

だって、クツのままだし。

ガタガタとテーブルやイスにぶち当たりながら、こっちに向かってくる。

そうして矢代くんの前に突っ立っているわたしを、はねのけるようにして彼の腕をつかんだ。

「キャッ」

はじき飛ばされた拍子に、わたしは持っていたペーパーバッグを放りだす。

あっ！

床に散らばるレモンボール。

そ、そんな……っ。

一生懸命作ったレモンボールが、床一面にコロコロと転がっていった。

ひ、ひどいよ……。

だけど次の瞬間、そんなことなど、どうでもよくなってしまう言葉を、ヤスくんが言ったんだ。

「修吾が北中のやつらとケンカになってるらしい。行くぞ、純太！」

え……？

「り、律ちゃんはっ？」

わたしは思わず、ヤスくんに聞いた。

「あの子が知らせてくれたんだ。てか、今、下にいるから、くわしいことは律ちゃんから聞いて」

そうさけんで、ふたりはもう部屋を飛びだしていった。

「律ちゃんっ！」

外に出て階段をかけ下りると、コンクリートの上に律ちゃんがうずくまっている。

「青依……」

「ケ、ケガはないの？」

うなずく律ちゃんを、膝をついて抱きしめた。

話によると、修吾くんと律ちゃんは柔道の試合の帰り、北中の子たちに絡まれて、神社へ連れていかれそうになったんだって。

修吾くんは、律ちゃんを無事に帰してもらうのを条件に、おとなしくついていったらしい。

みんなの連絡先がわかんなくて、律ちゃんはここまで走って知らせにきて、アパートの前でヤスくんと出くわしたんだ。

「ど、どうしよう、青依……」

「大丈夫だよ。み、みんなで助けにいったから」

わたしはもう一度ぎゅうっと、律ちゃんを抱きしめた。

乱闘

Side．純太

あいつは……、
やられてもやられても、あきらめなかった。
修吾は、ぜんぜん変わってないんだ——。

もともとさー、北中の連中はケンカっ早くて、オレら西中にちょっかいかけてくんだ。
とくに修吾が気に入らないみたい。
だって強いもん。

今日だってオレらがかけつけると、修吾は五人くらいを相手に戦っていた。

神社で修吾がやられてるって、ヤスがグループメッセに流したからな、
敵も味方もわさわさ集まってきて、ガチの乱闘《らんとう》状態。

つーか、かなり劣勢《れっせい》。

でもな、修吾はあきらめないんだ。

どんなに殴られても殴られても、向かっていく。

柔道部なのにケンカしたってバレたら、そーとーヤバいのにさ。

そんな修吾を見ていたらこっちまでカーッと熱くなって、かかってくるやつらに夢《む》中《ちゅう》で向かっていた。

オレもいつのまにかスイッチが入ったみたい。

そうこうするうちに相手のすきを突き、とうとう修吾はやつらを制した。

修吾が相手のリーダーっぽいのを倒した時点で、なんか勝っちまったみたい、オレら。

戦意を失った北中の連中がバラバラと逃げていった。

「はーい、撤収《てっしゅう》、撤収！」

ヤスの明るい声がひびきわたる。

修吾はスマホを取り出して、さっそく彼女に無事を知らせていた。

境内《けいだい》でそのまま、缶コーラで祝杯《しゅくはい》をあげる。

どの顔も殴られてヒデー顔してんのに、どの顔もピカピカに輝いていた。

「みんなうれしそうだな」

そう言いながら、ヤスこそうれしそうに寄ってくる。

「修吾のことが誇らしいんだろ。あんな劣勢はね返して勝っちまうんだから」

修吾は強い。今日は素直にそう思えた。

お前なんかにオレの気持ちがわかるかって、いつもそう思ってたけど。

兄貴のことや、母さんのこと、もし修吾に同じことが起こっても、あいつなら逃げずに、立ち向かっていくのかもな……。


「お前もうれしそーだぜ?」

とヤスが言った。

「オレ?」

「ハハ、純太って笑うと、かっわいー」

なんて冷やかしてくる。

それからまだ盛りあがっているみんなに背を向けて、ヤスはこっそりささやいた。

「純太さー、さっき部屋に青依ちゃん連れこんでたよな?」

「は？」

「いつのまにそーゆー仲になってんの？」

なんてニヤニヤ聞いてくる。

「バーカ、そんなんじゃねーよ。向こうが勝手に来たんだ。修吾の彼女と待ちあわせてたみたいだぜ」

「ふ～ん」

ホントのことを言ってんのに、ヤスの含《ふく》み笑いはおさまらない。

「で、純太、キスしようとしてなかったっけ？」

「はっ？　なに言ってんだ、お前」

「だって、オレ見ちゃったもん」

そう言うと、ヤスはオレの顔を両手ではさみ、クイッと上へ向ける。

「オレが呼びにいったら、お前は青依ちゃんに、こーんなことしてた」

あー……。

あの子の真っ赤なほっぺたの感触を思い出した。

熱くて、小さくて、やわらかくて……。

なんかウソみたいに、オレの手のひらにすっぽりとおさまってた……。

「しようとしてたよな、キス」

ヤスがニヤニヤとくり返す。

「してねーし」

「してたね」

「してねーよ」

「してた」

「あれは、顔が熱いかたしかめただけだし」

あんまりしつこいからウンザリしてそう言うと、ヤスはゲラゲラ笑いだした。

「純太、言い訳ヘタすぎ～」

なんてウケている。

は？　ウソじゃねーし。

あ！

そういえばあのお菓子、ヤスとぶつかって中身が飛びだして床に転がったんだった。

えっと、それを踏みつけて、オレらは外へ飛びだしたっけ？

ヤバい……。

はずかしそうにペーパーバッグを差しだしたあの子の真っ赤な顔がよみがえる。

「クッソ、てめーなー」

ヤスの頭を軽くグーで殴っておいた。

「テッ。なにすんだよ、急にっ」

「知るか」


急いで家に帰ると、母親がもう帰ってたから聞いてみる。

「ここにドーナツ的なの散らばってなかった？」

「さぁ、なにも落ちてなかったわよ」

オレたちが出ていったあと、あの子は自分で片づけたんだろうか……？

「あった」

キョロキョロ探してたら、テーブルの脚もとにドーナツが一個だけ転がってるのを発見！

サッとひろってパパッと手で払い、ぱくっとそれを口に入れる。

「うま」

レモンのほのかな香りが口いっぱいに広がって……。

「あら純太、お腹すいてるの？」

不意に母親の声がした。

「え？」

「今、落ちてるもの食べたわよね？」

「……食ってねーし」

ムスッとそう答えると、母親にスゲーけげんな顔をされた。

夏祭り

Side．青依

髪に差したレモン色の花が揺れている。
貴方に見せたくて
はりきって浴衣《ゆかた》を着た夜――。

毎年八月のお盆のころ、わたしたちの町の神社では夏祭りが行われる。

「ちょ、ちょっと苦しいよ、お母さん」

わたしの帯を締めるお母さんの手に力が入った。

「だってゆるかったら、着くずれちゃって大変よ？」

水色の生地に白抜きで大振りのユリが咲いている柄《がら》。

帯《おび》は黄色。

去年まで着ていたのは子どもっぽいからって、この夏ねだって買ってもらったばかりの浴衣。

「はい、できあがり！」

お母さんに背中を押されて、鏡の前に立った。

わ、いつもよりちょっとだけおとなっぽい。

やっぱ新調してよかったぁ……！

髪をアップにしてお団子にしたかったんだけど、短くて、あがらず。

それでも片方だけ髪を耳にかけて、大きな髪飾りを差すと、パッと華やかな雰囲気になった。

翔子ちゃんにもらったレモン色の花の髪飾り。

「地味人間」のわたしには、ふだんは気後れしてつけづらい大きさだけど、今日は特別。

これぐらいおしゃれしても笑われないよね。

律ちゃんとの待ちあわせは、神社の横にあるカフェの前。

「青依ー！」

日が暮れて混雑《こんざつ》しだした人波からはずれて、律ちゃんが手を振りながらかけてきた。

「わー、律ちゃんキレイ！」

律ちゃんの浴衣の柄は、白地に紫系の牡丹《ぼたん》の花々。

一番大きな花の色と同じ赤紫の帯がキュッと結ばれている。

アップにした髪が、しっとりと女らしさを際立たせていた。

「ステキ……！」

「青依もすんごいかわいいよ」

と、ほめあう。へへ。

そのまま鳥居《とりい》をくぐり、参道《さんどう》を行く。

石畳の両脇には、お好み焼き、かき氷、金魚すくいとか、露店《ろてん》がずらりと並んでいた。

遠くから、笛《ふえ》や太鼓《たいこ》の音が聞こえてくる。

どこかなつかしいような音色。

境内にとめた山車《だし》の上で、お囃子《はやし》保存会のおじさんたちが毎年熱心に奏《かな》でてくれるんだ。

大きなお祭りではないけれど、小さな町の一大イベント。

だから今日は塾も休講《きゅうこう》です！

「お参りしたら、あとで公園のほうにまわろーね」

「うん！」

境内に入りきれなかった露店は、隣接する児童公園で店を広げる。

その一角に自治会《じちかい》の模擬店《もぎてん》や催《もよお》し物会場も設置されるんだ。

「焼きそば作ってるんだよね、修吾くん」

「うん。矢代くんもいるってホントなのかな？」

今年はその自治会の模擬店を、修吾くんたちが手伝うらしいんだ。

そう教えてくれたのは律ちゃんなのに、本人も首をかしげていた。

だって矢代くん、そんなこと引き受けるかな？

『ダルい。ヤダ』とか言いそう……。

「あー、律ちゃんと青依ちゃんだ～」

お参りをすませて公園へ向かう途中、翔子ちゃん＆ヤスくんカップルとすれ違った。

「かわいい～！」

翔子ちゃんと、また浴衣姿をほめあう。フフ。

「似合う、似合う」

それから翔子ちゃんはわたしの髪飾りを指差して、うれしそうに笑ってくれた。

「修吾、焼きそば売ってたよ」

ヤスくんが律ちゃんに言った。

「うん。矢代くんも……？」

「ハハ、純太はこれ売ってた」

ヤスくんと翔子ちゃんが、ストローの刺さったカラフルなかき氷のカップを差しだした。

へー……。やっぱり意外。

「なんか今年はあいつらの幼なじみの親が、祭りの実行委員長やらされてんだって。で、同じ子ども会だったやつらが招集《しょうしゅう》されたらしいぜ」

「キャラじゃないけどね～、純太は」

ヤスくんの説明に、翔子ちゃんも笑う。

「けどまー、案外楽しそうにやってたから、青依ちゃんも食いにいってやって」

「うん」

もちろんだよ。絶対食べたい、矢代くんが作るかき氷！

そして、それよりもなによりも、わたしは矢代くんに会えることに舞いあがっていた。

だって、生《なま》の矢代くんを見るのは、あのケンカの日以来なんだもん。

公園に入ると、ここもにぎやかで人があふれ返っていた。

いつもは真っ暗になる公園を、はりめぐらされた提灯《ちょうちん》や、屋台の電灯が照らしている。

幻想的《げんそう》でちょっとキレイ……。

金魚すくい、ヨーヨー釣り、たこ焼きや、焼きトウモロコシ。

明かりに群がる人、人、人。

あ。

公園の奥に、町名入りの大きなテントを発見！

あれが自治会の模擬店だ。

おー、ホントだ。

修吾くんが大人に交じって、大きな鉄板で焼きそばを炒めていた。

その横でくじ引きや、スーパーボールすくいなんかもやっていて……、
その向こうが、かき氷のゾーンらしい。

まわりこんで矢代くんの姿を確認しようとしたら、律ちゃんが言った。

「混雑してるから、手分けして買おう。じゃあ青依は、かき氷担当ね。わたしは焼きそばふたつ買ってくるから」

「う、うん」

「あとですべり台のとこで落ちあおうね」

「あ、修吾くんとゆっくりしゃべってきて大丈夫だよ」

念のためにそう言うと、律ちゃんはうれしそうに笑った。

「うん。青依もね。矢代くんとしゃべっておいで」

いやいや……。それは、ないないない。

日にちも空いちゃったし、わたしが誰なのか覚えてもらえてるのかさえ自信がない。

それでも、明かりに群がるひとりの客として、矢代くんが作ったかき氷をありがたくいただくことにしよう。

それが今日の小さな目標。

律ちゃんと別れて、いざ出陣《しゅつじん》！


かき氷のゾーンにまわると、そこは結構な人だかりができていた。

子どもも大人も若者もファミリーも、みんなこんなにかき氷、好きだっけ？

や、矢代くんは？

思いっきり背伸びをして前方を見る。

い、いた……！

いた、いた、いた!!

ライトの中に、オレンジ色のTシャツ姿の矢代くんが浮かびあがった。

袖を肩までたくしあげて、がんばっている。

人はぎゅうぎゅう状態だけど、距離《きょり》にしたら五メートルほどなので、矢代くんの声が聞こえてきた。

『イチゴとメロンね？』とか。

注文を確認して、業務用の機械で大きな氷をガーッと削《けず》る。

シロップをたっぷりかけて、『ハイ』って差しだして……わ、ちょっと笑った？

お金をもらってお釣りをわたして、矢代くん、ちゃんとお店の人みたい。

『ありがと』って、お客さんにもタメ口だけど。

こ、ここにこのまま並んでいたら、あーして矢代くんと話せるんだ。

「キャ」

並んでいると、後ろからも横からもグイグイと押される。

ちゃんとした行列ではなくて、ちょっとアバウトな感じ。

強引に割りこんでくる人もいて、そのたびに右に左に体をもってかれた。

むむ。

かき氷担当のスタッフは、矢代くんのほかにもうひとりいて、うっかりしてると
そっちのほうへ流されちゃいそうだ。

ここは足を踏んばって、しっかり矢代くんのところまで進まなくっちゃ。

そして並んでいる間も、こっそり矢代くんを見ておくんだ……。

ライトに照らされた矢代くんの顔は、なんかいつもよりイキイキとして見える。

すごく忙しそうだけど、ぜんぜんダルそうじゃないし、手なれた感じでお客さんをさばいていく。

うちで働かないかって、プロにスカウトされそうだよ。

そうして、もうすぐわたしの番。

ちゃんと矢代くんの前をキープしてるよ。

矢代くんとわたしの間には、折りたたみ式の長テーブルが置かれていて、そのテーブルの上には、色とりどりのシロップが並べられてあった。

『氷イチゴふたつください』

『氷イチゴふたつください』

『氷イチゴふたつください』

さっきからかまないように、ずっと心の中で練習している。

ドキドキドキ……。

もうすぐ矢代くんと話ができる。

お、覚えていてくれるかな？

か、顔ぐらいはわかるよね？

今度こそ、笑いかけてみようか？

ドキドキしながらそんなことを考えていると、目の前にいた人がいなくなりパッと明るくなった。

わ、わたしの番……！

「こ、こ、」

『氷イチゴふたつ』と言うところが、緊張マックスで声が出ない。

「レモン味一個ちょうだい」と、隣のおばさんに先を越されてしまった。

よ、よし、次こそは！

テキパキとかき氷を完成させる矢代くんに見とれつつ、ドキドキと自分の番を待つ。

「こ、こ、」

「次、オレ、イチゴとメロンね」

う……。またしても隣の人に……。

矢代くんができあがったかき氷をそのお客さんに手わたす。

そして今度は注文《ちゅうもん》をうながすように、わたしのほうを見てくれた。

「こ、こ、」

バチッと目があう。

澄んだ瞳……。

ライトがうつって茶色く透けて、すごくキレイ。

ドッドッドッドッ……。

し、心臓がこわいくらいに暴《あば》れだす。

「こっ、こっ、」

ダ、ダメだ、かみすぎ。

と、そのとき、小学生の軍団が押し寄せてきて、大きく列が乱れた。

「キャッ」

「こら、お前らちゃんと並べっ」

大人に叱られて、小学生たちはバツが悪そうに列の後ろへと去っていく。

あっ！

えっ？

気がつくとわたしは、なんと彼らに押されたせいで、矢代くんではなくもうひとりのスタッフの男性の前に流されていた。

ウ、ウソ……。

「何味にします？」

呆然《ぼうぜん》とするわたしに、そのスタッフは聞いた。

ち、違う。あなたじゃない……！
バッと横を見ると、矢代くんはもう別の人の注文を聞いている。
「何個ですか？」
もう一度わたしにそう聞いたスタッフは、たぶん同じ中学の子だ。
顔だけ知ってる子。
「や、やっぱり、いいです……っ」
わたしはその子にそう言い捨《す》てると、身をひるがえした。
だって、食べたいのは、矢代くんの作ったかき氷なんだもん。
あとちょっとだったのに……。
今さら矢代くんの前に割り込むのは、ズルするみたいで、わたしにはできそうにない。
も、もう一度並び直そう。
今度はちゃんと矢代くんのもとへ……い、行けるんだろうか？
何回やり直しても同じだったらどうしよう。
律ちゃんについてきてもらおうか？
てゆーか、この年で満足にかき氷も買えないなんて。
しかも『こっ、こっ、』って、なんですか――？

さっき矢代くんに見せてしまった醜態《しゅうたい》を思い出し、あまりの情けなさとはずかしさで、じんわり涙さえ浮かんできた。

中三にもなって、好きな人からかき氷が買えなくて泣くなんて、わたしだけだ。バカ。

「月島」

肩を落とし、人だかりの最後尾《さいこうび》に向かってとぼとぼと歩きだすと、後ろから大声で呼ばれた。

ん？　この声……。

「青依ちゃん、こっち、こっち」

振り返って顔をあげると、もう一度、そう呼んだのは……や、矢代くんだった。

え、わたしの名前……？

し、し、し、知ってくれてるの？

振り向いたままの姿勢でボーッと突っ立ってたら、長テーブルの向こうから、矢代くんがクイクイと手招きをした。

『おいで、おいで』ってしてくれている。

人混みをかき分けて戻ると、矢代くんはできたてのかき氷のカップをふたつ、わたしの目の前に突きだした。

「持ってきな」

無愛想《ぶあいそう》な口調でそう言う矢代くん。

「え……」

「修吾の彼女と一緒でしょ？」

「あ、うん」

だからふたつあるんだ。

「あ、あの、ありがとう……」

手を伸ばしてカップを受け取るとき、矢代くんの指に、わたしの指先が触れた。

冷た……。

ずっと氷をさわってるんだもん。

矢代くんの指は氷みたいに冷たかった。

「あ、あの、お金」

払おうとすると、矢代くんは、「いーよ、おごりー」なんて言う。

「で、で、でも」

かみっぱなしのわたしをチラッと見て、でも矢代くんはもう次のかき氷を作り始めていた。

「イチゴ！」

「こっち、メロン、メロン」

まわりで小学生たちが注文を連呼している。

……邪魔《じゃま》しちゃダメだもんね。

もう一度ペコンとお辞儀《じぎ》をして、律ちゃんのところへと向かった。

両手には発泡《はっぽう》スチロールのカップ。

中身は矢代くんの作ったかき氷。

それは氷イチゴじゃなくて、ブルーハワイとレモンだった。

わたしの浴衣や髪飾りと同じ色。


「り、律ちゃん！」

「青依～！」

すべり台の下で、律ちゃんが手を振っている。

「あのね、矢代くんがわたしのこと、名前で呼んでくれたんだよ」

『月島』って。『青依ちゃん』って。

ウソみたいでしょ？

「わたしのこと覚えてくれてたの！」

まくし立てるようにしゃべるのを、律ちゃんは笑顔で聞いてくれる。

「それからこれは、矢代くんが作ったかき氷！」

「ジャーン！　こっちは修吾が作った焼きそばだよ」

すべり台の近くの低い柵《さく》にもたれて、わたしたちははしゃぎながら、それを食べた。

遠くでお囃子が聞こえる。

わたし、きっと忘れないな。

ブルーハワイとレモン。

オレンジ色のＴシャツ。

わたしを呼んだ矢代くんの声も、
一瞬、触れた冷たい指先も……。

ペシャンコな夜に

Side．純太

地面にはいつくばって空を見あげると、なんのけがれもなく月が輝いていた。

ぜんぜん、届かねーし……。


かき氷を両手に帰っていくあの子をチラ見しながら、オレはガキの相手をしていた。

「はいよ、イチゴ」

「わ～い」

「ん、おつり。オラ、こぼすなって」

水色の浴衣も、蝶々《ちょうちょう》みたいな黄色い帯も、もう遠く離れたのにやたら目につく。

さっきも……あの子のまわりだけフワッと明るく見えたのは、浴衣の色のせいか？

頭につけたデカい花のせい？

押しつぶされそうになりながら、大まじめに踏んばって並んでいたあの子。

そのくせ、いざ自分の番になると、ほかの客に先を越されてばっかで……。

そのうちに押されてどっか飛んでっちまうし、
無事注文できそーだと思ってたら、突然あきらめて、とぼとぼと帰ってくし。

いちいち謎すぎる……。

思わず呼びつけて、かき氷を持たせてやったら、マジうれしそうに目を輝かせた。

そんなに食いたかったのか……。

「お兄ちゃん、シロップかけすぎ！」

「えっ、あっ、うわっ」

客のガキにダメだしされて手もとを見ると、手にしたカップから、かけすぎたイチゴ味のシロップがポタポタとこぼれていた。

「オラ、特製だ」

カップを拭いて、ドバドバと氷を足してわたしてやると、ガキはそれを受け取りながら、冷静に言った。

「彼女に見とれすぎなんじゃない？」

「あ？」

「さっきの浴衣の人、そうでしょ？」

いっちょ前に、ニヤニヤとからかってくる。

ハン、ませガキめ。

軽くチョップでも入れたいところだが、無言でにらみつけて大人の対応をしてやる。

するとガキは青ざめて、すごすごと帰っていった。

「どした、純太？」

そのとき背後から声がかかった。

「おー、孝也《たかや》」

振り向くと、藤沢《ふじさわ》孝也。オレの幼なじみが立っている。

持ち場を離れていた孝也が、今戻ってきたところ。

「すっげーにらんでたけど、なんか言われたの？　小学生に」

「……別に」

「子どもだけど一応はお客さんだからね。大人の対応してやってよ」

なんて孝也は爽やかに言う。

「したし……」

ムスッとオレが答えると、孝也はクスクスと笑いだした。

「変わんないなー、純太のそういう気の強いところ」

「はー？　バカにしてんだろ」

「違う違う。純太ってば中学入ってからおとなしくなっちゃったからさ、オレ、正直さびしかったんだって」

孝也はそう言ってうれしそうに笑う。

「なーに言ってんだか」

ついつられて、こっちまで吹きだした。

同じようなことを修吾に言われると超ウザいんだけどね。

孝也といると、なぜかおだやかな気持ちになれる。

これもオレの中では、ちょっとした謎。

孝也とまたニコイチになって客をさばいていく。

オレがガンガン氷を削って、孝也は注文を聞きシロップをかけて会計する係。

「よし、最強のコンビ復活《ふっかつ》だ」

「おー」

孝也の素直な笑顔にのせられて、ガラにもなくがんばってみたりする。

「だけど、純太が手伝ってくれるとは思わなかったな」

客足《きゃくあし》が少し落ち着いてきたころ、あらためて孝也はそんなことを言った。

「困った声で電話してきたの、そっちだろーが。今年は孝也のおやじさん、祭りの実行委員長なんだろ？」

「うん、くじで当たっちゃってね。会社人間だから地元《じもと》の知りあいとか少ないし、皆がいろいろとひきうけてくれて助かったよ」

「孝也からのＳＯＳは、みんな大歓迎らしいぞ」

地元民を代表してそう言っておいた。

「アハハ、ありがとう」

まじめで勉強熱心な孝也とは、中学に入ってからは一緒に遊ぶこともなくなっていたからな。

修吾もオレも、たよりにされてうれしかったんだ、たぶん。

「オレもまー、いい気分転換になったし」

「そっか？」

「ひきこもってると、季節感ねーのな」

うだるような夏の暑さと、祭りの熱気が、不思議なことにダレきった脳みそを覚醒《かくせい》させていく。な〜んてな。

「で、そっちは？　目当ての子に会えたの？」

孝也がさっき持ち場をはなれたのは、誰かを探しにいったからだ。

『ちょっとだけ外していい？』ってあまえるように聞いてきた孝也は、よっぽどその子に会いたかったんだろーな。

協調性と責任感でできている孝也が、あんなことを言うのはめずらしい。

「いや、見つけられなかったんだよね。早い時間なら会えるかと思って、鳥居の前ではってたんだけど」

照れくさそうに、孝也は答えた。

「スマホもってんだろ？　ちゃんと待ちあわせとけばよかったのに」

ガーッと氷を削りながら、オレは声をはりあげる。

「いや、片想いだからね。しかも受験が終わるまではチョロチョロしないって宣言しちゃってるし。偶然をよそおって、ひと目見るだけでよかったんだ」

孝也はそう打ち明けてくれた。

「まじめだな。孝也は」

「じゃなくて、振られるのがこわいだけだよ」

「バーカ。お前は振られねーから安心しろって」

やさしくて、誠実で、頭のいい努力家。顔だってなかなかのイケメンだ。

そんな孝也の良さをわからないよーな女がいたら、そいつはただのバカだね。

「浴衣姿、見たかったな」

なんて、イケメンくんはまだ残念がっている。

「たしかに……。ちょっといーかも。浴衣」

ボソッとオレがつぶやくと、ギョッとした顔でこっちを見た。

「えっ、純太、そういう子いるの？」

「い……ねーし」

否定してんのに、孝也の目がどんどんニヤけてくる。

「いや、修吾が紹介するとか言ってたくせに、いまだにちゃんと紹介されてない子がいてさ。きっと向こうにことわられたんだろーけど……。いや、オレもことわったっけ？」

なんか、言いわけがグダグダになる。

「気になるんだ？」

「……いや、ぜんぜん」

そう答えたら、孝也が「プッ」と吹きだした。

「別に、気になんねーから」

強めに言いなおすと、もっと笑われて……。

「修吾には言うなよ」

ムスッとしながら釘をさすと、さすが幼なじみ、修吾のお節介《せっかい》な性格はわかっているらしく、孝也は笑ってうなずいた。

「了解、了解。そっと見守るよ」

「うん。孝也の好きな子、今からこっち来るかもよ。まだまだ時間あるんだし」

話題を変えてそう言ったら、孝也は神妙にうなずいた。

プフ、相当好きらしい。

月島青依……は、もう来ないよな。

どっかで金魚すくいでもやってんのかもしれない。

浴衣姿でしゃがみこんで、じっと金魚をねらってるところとか、想像するとかわいくて。

……また、会いたくなった。

結局そのあと孝也の想い人は現れず、青依ちゃんの姿も見ないままに、祭りの夜は終わった。


それから一週間ほどたった晩のこと――。

オレはひとりで夜道を歩いていた。

母親が夜勤だから晩飯は適当にすませたんだけど、遅くなってから腹が減ってコンビニへ向かっている途中。

空を見あげると細い月が輝いていた。

オレが歩くと月もついてくる。

オレがとまると月もとまり、曲がり角を曲がっても、月はやっぱりついてきた。

ガキのころはそんなことが、スゲー不思議だったっけ。

謎が解明されたわけじゃないけど、今はそんなことは気にもならない。

月がついてきてるかなんて、たしかめたりはしない。

「おい」

人通りのない道にさしかかったとき、不意に低い声がした。

「え？」

誰の声なのか確かめる前に路地にひきこまれ、ガツッと顔面に衝撃《しょうげき》が走った。

地面にズサッと叩きつけられる。

なにが起こったのかわからないまま、蹴られた腹に痛みが走って、やっと自分がおそわれてるってことを理解した。

地面にはいつくばったまま見あげた男は、知っている顔だった。

こいつアレだ……。

この前、修吾に倒された北中のリーダー。

起きあがろうとしたところを、さらに思いっきり胸を蹴られる。
その反動で頭をアスファルトに強打《きょうだ》した。
「うらむんなら北見をうらめ」
そうはきすてて男は去っていった。
「うう……っ」
路地裏から見あげるせまい空。
そこにもやっぱり細い月が光っていた。
どこまでついてくんだ、月。
見んなって……。
地べたにペシャンコにつぶされて、月に悪態《あくたい》をつく。
意識が……遠のいていった……。

月明かりの下で

Side．青依

貴方の吐息《といき》に……
心臓が、トクンと鳴った。

夏休みも終盤《しゅうばん》。
夜、塾の帰り。わたしはひとりで自転車を走らせていた。
ここ、ちょっとこわいんだよね〜。
人通りの少ない道。
暗闇《くらやみ》の中のアスファルトを、街灯が照らしている。

え？
今、路地《ろじ》からなにか突き出ているのが見えた。
人の足……みたいな？
まさかね。
少し通りすぎて振り返る。
やっぱり、そう。
裸足《はだし》の足先が見えた。
自転車にまたがったまま、クイクイと足で道路を蹴りバックする。
ウソ……。人が倒れている？
とりあえず自転車を降りて路地の入り口にとめた。
「あ、あの、大丈夫ですか？」
おそるおそる近づいていき、返事のないその人の顔を見て驚いた。
ヒ、ヒエ？　矢代くん……？
仰向けに、まるで眠っているみたいに倒れている人は、矢代くんだった。
目をつぶっているから、キレイな瞳がわからない。
でも、長いまつ毛に高い鼻、
全部、全部、絶対に矢代くん……。

ケ、ケガをしているのか、口もとが切れて血が出ている。
第一なんでこんなところに倒れてるの？

「だっ、大丈夫っ？　矢代くんっ」

胸のあたりに手を置いて、ゆさゆさと揺さぶってみた。

「う……」

矢代くんの顔が苦しそうにゆがむ。

ど、どうしよう？

痛いの？　苦しいの？

なにがあったの？

気を失《うしな》ってるの？

あまりのことに涙がでてきた。

し、しっかりしなくっちゃ。

警察《けいさつ》？　病院？　いや、救急車《きゅうきゅうしゃ》だ。

「い、今、救急車呼ぶからねっ」

ハッ、スマホがない。

バタバタと自転車の前かごにあるカバンを取りにいき、矢代くんのところへ戻って、しゃがみこむ。

カバンからスマホを取りだして、画面をタップした。

「きゅ、救急車、何番だっけ？　一一九？　か、火事と同じでいいんだっけ？」

ひとりでパニクりながら、数字のキーに触れていく。

ゆ、指がふるえる。

そのとき、横たわったまま伸ばした矢代くんの右手が、わたしの腕をつかんだ。

「やっ、矢代くんっ？」

スマホが手もとから落ち、矢代くんの手を両手で握る。

「なんで……いるの？」

ひとり言みたいにそうつぶやいた矢代くんは、ぼんやりとわたしを見ていた。

「あ、あのね、塾の帰りに偶然見つけたの。人が倒れていて……、助けようとしたら矢代くんで……」

「青依……ちゃん、」

矢代くんはやっぱりぼんやりと、そして不思議そうにわたしを見ている。

「なんで……泣いてんの？」

「え」

気がついたら、涙がポロポロこぼれていた。

「だって、ビックリして……、それから、ホッとして……」

「ゴメンね」

矢代くんの目がやさしく笑った。

ドキッと動揺して手がゆるみ、両手の中の矢代くんの右手が、ストンと地面へ落ちる。

「だっ、大丈夫っ？　矢代くんっ！　矢代くんっ！　しっかりしてっ！」

自分で矢代くんの手を落としてしまっただけなのに、また気を失ったのかとあわててしまう。

「い、今、救急車呼ぶからねっ！」

さけぶようにそう言うと、矢代くんはプ、と笑った。

「それは、やめて」

「じゃあ、警察？　誰かにおそわれたんだよねっ？」

「もっとヤバいよ。オレ補導《ほどう》されちゃうっしょ」

矢代くんはそう言ってから「プクク」と笑い、それから「うう……」とうめいた。

「笑うと、イテー……」

え、で、でも、救急車呼ばなくて、ホントに大丈夫なの……？

心配になって、矢代くんをじっと見つめる。

だって、様子が急変でもしたら大変。

わたしがしっかりしなくちゃいけない。

なのにそんなわたしを、矢代くんはやっぱりおかしそうに見あげている。

「ゴメン……。あのね、修吾に電話してくれる？」

それから彼はそう言った。

「あ、うん。修吾くんの番号知らないから、律ちゃんに聞いてみる」

スマホを取り、律ちゃんに電話しようとすると、矢代くんは電話番号を空で言い始めた。

「〇八〇……」

それを聞きながら、わたしは数字をタッチしていく。

「すごい。覚えてるんだね、修吾くんの番号」

感心してそう言うと、「便利だからな」なんて矢代くんは笑った。

「あ、留守電……」

修吾くんが出たら彼と代わろうと思っていたのに、呼びだし音は無機質《むきしつ》なアナウンスに切り替わる。

「貸して」

横になったまま差しだした矢代くんの手にスマホをのっけると、彼は留守電にメッセージを残した。

『修吾？　北中のやつにおそわれた。三丁目の本屋の横でブッ倒れてるから、迎えにきてよ』

それだけ言って電話を切る。

「え、大丈夫かな？　わかるのかな、修吾くん」

心配になってそう聞いても、当の本人はぜんぜん平気そう。

「来るよ、あいつ」

なんて、スマホを返してくれた。

「ゴメン。汚した」

見ると、ピンクのケースの端に血がついていてドキッとする。

口の端が切れてるみたい。

寝転がったままこっちを向いていた顔を戻して、矢代くんは天をあおいだ。

「ありがと、青依ちゃん。もう大丈夫だから帰って」

「えっ、でも」

「遅くなると危ねーし」

天をあおいだまま、矢代くんは胸のあたりに置いた手のひらを立てて、指先だけをひらひらさせる。

バイバイって意味。

「で、でもっ、修吾くんが来なかったら、どーするの？　もう連絡できないよ？　電話もってきてないんでしょ？」

わたしのを借りるくらいなんだから……。

「じゃあ青依ちゃん、家帰ってから、もっかい修吾に連絡入れといて……」

「イヤッ、帰らない！」

首をブンブンと横に振った。

こんな矢代くん放って帰れないよ。

心配で帰れるわけがない。

すると戸惑ったようにわたしを見ていた目が、フッとやわらかな表情になった。

「ありがと」

そ、そんなふうに微笑まれると、どうしたらいいかわからなくなる。

そのまま見つめられて、しどろもどろになってしまう。

「い、いいえっ。人として当然のこと、だ、だから……っ」

もうなに言ってんだか、わけわかんないけど。

でも、こんなときに遠慮なんかしないでって伝えたくて、そう言った。

「そっか。まじめなのな」

矢代くんがつぶやく。

う。『まじめイコールつまんない子』の公式を思い出して、若干へこむ。

痛くてつらそうな矢代くんの気を、少しでも紛らわせてあげたいのに、こんなわたしにできるのかな……？

とりあえずバラバラの方向に落っこってるサンダルを拾いにいって、仰向けに投げだした矢代くんのつま先に、ひょこんひょこんと履かせた。

それからお母さんにメール。

『塾で居残り。わからないところ質問してるから遅くなるよ』なーんて。

「青依ちゃん、手……貸してくれる？」

すると、メールがすむのを待っていたように、矢代くんが言った。

「起きようとすると、スゲー痛くて……」

「う、うん……っ」

体を起こそうとする矢代くんのそばへ行き、彼の体を支えた。

少し体をずらして、建物の外壁《がいへき》を背もたれにして座ってもらう。

そうしてわたしも、その横に並んで座った。

「フー……」

額の汗を拭いながら、矢代くんが息をついた。

「サンキュ」

そう言ってこっちを向く。

「う、ううん」

こ、こんなの、お安い御用《ごよう》だ。役に立ててうれしい。

「あ！　矢代くんもおうちに連絡しないと。お母さん心配してるよね？」

スマホを差しだしたけど、彼は首を横に振った。

「今夜は夜勤なんだ、母親」

そう答えた横顔が、少しさびしそう。

「矢代くんがケガしてるって知ったら、お母さんきっと泣いちゃうね」

まじめにそう言ったのに、矢代くんが目だけで小さく笑った。

「青依ちゃんが泣いてくれたから、いーよ、オレ」

ときどき子どもっぽい言い方をするのが、矢代くんの特徴《とくちょう》……。

とぎれとぎれに話すわたしたちを、細い月が照らしていた。

静かでやわらかな月の光……。

月明かりの下で見る彼は、青白くはかなげに見えた。

「オレね、電話もってねーの」

不意に明るく矢代くんが言った。

「忘れたんじゃなくてもともとねーから、今夜は青依ちゃんが気づいてくれて、マジ助かったよ」

なんて言ってくれる。

「へぇ、矢代くんのおうちもきびしいんだね。うちもスマホなかなか買ってもらえなかったよ。勉強しなくなるからダメって。横暴《おうぼう》だよね、そんなの」

わたしが憤慨《ふんがい》して言うと、矢代くんが目をぱちくりさせる。

「そーゆー発想かぁ」

「え？」

「オレは卒業してからかな、スマホは。金かかるし」

あ……。やだ、わたし。

自分のまわりでスマホをもってない子はもうほとんどいなくて、たまーにいるのは『勉強の妨げになるから受験が終わってから』って親に言われている子だけで……。だから想像できなかったんだ。

バカにならないスマホ代。

親に負担をかけたくない人だっている。

スマホ代なんて親が払うのが当たり前になっていて、わたしきっと今、無神経《むしんけい》なことを言った。

自分の世界のせまさに、泣きたくなる。

「だからオレさぁ、なんでも修吾に言うことにしてんの」

なのに矢代くんの口調はちっとも変わらなかった。

「スマホなくても、修吾の電話番号だけ覚えとけば事足りるんだよ」

ん？　どーゆー意味……？

「『ヤスにマンガの新刊買ったか聞いといて』とか、『今日は行けないってことわっといて』とか。修吾に言えば伝えてくれるから、かなり便利よ」

えっへ……？

「仲いーんだね。修吾くんそんなことをたのまれて、おこらないの？」

「さぁ。知らねー」

なんて矢代くんは平気で言う。

「いつもけっこー……修吾くんには上から目線、だよね？」

修吾くんってたぶん仲間うちでも一目置《いちもくお》かれているはずなのに、矢代くんてば彼に対して、なんてゆーか……かなりエラそーなんだ。

「そう？」

「うん。修吾くんにはとくに当たりが強いっていうか……」

わたしがそう答えたら、矢代くんはなぜかうれしそうに笑った。

「ハハッ、そーかな？」なんて。

さっきも『迎えにきてよ』って、当然のように言ってたし……。

修吾くんのパシられてる感、ハンパない。

「修吾とは古いんだ。ガキのころから兄弟みたいに育ったから」

矢代くんはちょっと遠い目をしてそう言った。

「うちは母親がずっと働いてて、昼間は家にいなかったんだ。だから小学校終わったら、いつもソッコー修吾んちに行ってた」

「毎日？」

「うん、毎日」

と矢代くんは笑う。

「おっちゃんもおばちゃんも、スッゲーいい人でさ、オレ大好きだったな、修吾んち」

「へぇ」

「おっちゃんはやたら声がでかくて明るくて、おばちゃんはいつもやさしくて、よくホットケーキとかポップコーンとか作ってくれた」

そうなんだ……。

「だからオレ、手作りでお菓子とか作れちゃう人にあこがれてんだよね。青依ちゃん、この前ドーナツ作ってきてくれたろ？　オレ、あーゆーのに心打たれるタイプ」

矢代くんはクルッとつぶらな目をして、わたしの顔をじっと見る。

こ、心打たれる……⁉

う、うれしい！　勇気をだして作ってってよかったぁ！

「なのに、床にぶちまけちゃってゴメンな」

そう言って矢代くんは、鼻の頭をちょっとかいた。

そんなことまで覚えていてくれたんだ。

ブンブンと首を横に振って、小さな声で言った。

「ま、また……作ってあげるね」

矢代くんはそんなわたしを見て、ふんわりと微笑む。

それから「うう」って、胸を押さえた。

えっ？

「今のでオレ、肋骨《ろっこつ》折れたかも」

「ええっ」

青ざめたわたしに矢代くんはさりげなく言う。

「あんまかわいーから、胸キュンってやーつ」

えっ？

矢代くんはこっちを向いて、クスクス笑っている。

か、からかわれてるんだろーか……？

「今はもう行かねーんだけどな、修吾んち」

それから矢代くんはポツッと言った。

「どうして？」

「んー、どんなに好きでもあそこは修吾んちだからな。おっちゃんもおばちゃんも、修吾の親だから……」

伏せた長いまつ毛。

矢代くんの横顔は、とてもさびしそう。

「修吾がうらやましくて……こわかった」

しばらく黙っていたあとで、やっぱりポツリと矢代くんは言った。

それから月を見あげる。

「青依ちゃんって不思議だね。オレ、初めてこんなこと人に話した」

不思議なのは矢代くんだと思う。

昔、教室で窓の外ばかりながめていた姿も、部屋で誰ともしゃべらずにひたすらマンガを読んでいる姿も、今なら違って見えるのかもしれない。

矢代くんは心の中に、いろんな思いを閉じこめてるんだね。

その中の少しを、こんなわたしに見せてくれた。

今だってきっと、ケガが痛むはずなのに……。

「月みたいだな……」

と矢代くんは言った。

「月？」

「青依ちゃんってふと見ると、いつのまにかオレのそばにいてくれるから」

そんなことをまた、しれっと言う。

「あ、う、うん。たまたま、ぐ、偶然……」

プラス、若干ストーカー。

「浴衣、かわいかったよ」

えっ？

「よく似合ってた」

そっ、そんなスペシャルなこともスラスラ言うんだ。

矢代くんは壁にもたれて足を投げだしたまま、こっちも見ずにそう言った。

「あ、ありがとう……」

やっとそう答えたときには、矢代くんの涼やかな目がこっちを見ていた。

なんか……はずかしくて下を向いてしまう。

「プフフ」

と矢代くんは笑った。

「イテテ……」

と、それから胸を押さえる。

「オレ、青依ちゃんのその〝間〟が好きなんだよね～。じっくり考えてから言葉にする感じ」

「は、話すの苦手なだけだもん。テンポよくなんかしゃべれない」

逆にものすごく早口で、そうまくしたててしまった。

「テンポとか、いる？」

「いるよ」

そこに、どんだけ劣等感を抱いているか。

みんなみたいにポンポンと、楽しく会話したいのに……。

ノリのいい返事がうまくできない。

「ひと言ずつ、ちゃんと受けとめてもらってる気がして、オレは好きだけどな。言葉につまってるとことか、すげーグッとくる」

矢代くんの顔がフワッとまたほどけた。

グッとくる……？

そ、そ、それ、変わってるよ、矢代くん。

それともやっぱりからかわれてんのかな？

「だから……今のままでいて」

つぶやくような声に、聞き違いかと思って視線を向けると、
矢代くんはもう正面を向き、手のひらを胸に当てて目をつぶっていた。

傷が痛むのかもしれない。

ムリしてしゃべってくれてるんだよね……。

目を閉じた矢代くんの額には玉のような汗がにじんでいた。

「しゅ、修吾くん、遅いね。ショートメール打っとこか」

「や、来るよ、あいつ」

矢代くんは目を閉じたままそう言いきる。

信じてるんだ……。

あんなに上から目線でエラそーに言うくせに、彼は修吾くんのことを、これっぽっちも疑わない。

本当は大好きなんだよね？

苦しげに眉を寄せた矢代くんの顔を見て、せめて額の汗を拭いてあげようと思った。

唇の端に血もついたままだし。

カバンに入っていたコンビニの紙おしぼりを袋から取りだして、矢代くんににじり

よる。

壁にもたれる矢代くんに手を伸ばして、やわらかそうな前髪をあげた。

ピクッと、長いまつ毛がふるえる。

茶色く澄んだ矢代くんの瞳が開いて……。

「汗、拭くね」

視線を感じてはずかしかったけど、前置きをして彼の汗をそっと拭う。

それから、おしぼりを裏返してたたみ、切れた唇の端についた血を拭き取った。

「……テ」

矢代くんは一瞬痛そうに顔をゆがめたけれど、おとなしく、されるがままになっている。

続いて頬の汗やホコリを拭いていると、

突然、彼の手がわたしの手首をつかんだ。

え？

「い、痛かった？」

そう聞いたわたしの目をじっと見つめたまま、矢代くんはかすかに首を横に振る。

月明かりに青白く照らしだされる彼の顔。

真っすぐな眼差し――。

「あ、あの……？」

矢代くんが、つかんだ手首をグイとひいた。

その反動で前につんのめって、わたしは彼の胸に倒れこむ。

「キャッ」

とっさに壁に手をついて、体重がかからないようにセーブしたけど、それでも矢代くんは「うっ」と痛そうにうめいた。

「ゴ、ゴメンね。大丈夫っ？」

鼻先が触れそうなほど近くに、矢代くんの顔があった。

手首から離れた彼の手が、わたしの肩に置かれる。

「いーよ。わざとひっぱったからオレ」

熱い吐息。

「ど、どーして？」

絡みあう視線。

「こーしたら、青依ちゃんはどうするのか、知りたかった」

肩から背中へ手がすべり落ち、矢代くんは、ふんわりとわたしを抱いた。

「や……しろくん？」

妖しくはかない月明かりの下で、刹那《せつな》とも永遠とも思える沈黙《ちんもく》が流れる。

「逃げても……いーよ」

やさしい声がささやいた。

「え……？」

やわらかく注がれる透きとおった瞳に、心臓だけがバクバクとすごい音を立てていた。

返事の代わりに、矢代くんのTシャツの裾《そで》をキュッとつかむ。

ゆっくりと……彼の顔がかたむいて、わたしの唇に温かなものが触れた。

矢代くんの唇。

初めてのキス……。

「好きになってもいいの？」

耳もとでささやくように聞いたのは、矢代くんのほうだった。

コクッと、小さくうなずいたら、なぜだか涙がこぼれたよ。

矢代くんの細い指がそのしずくをすくい、不思議そうにわたしを見る。

もう涙があふれないように、そっと目を閉じて……。

また、唇を重ねた──。

ガッシャ───ン！

そのとき突然、すごい音がした。

自転車が倒れるような音。

えっと……。

頭がすぐには追いつかない。

大声で叫びながら、修吾くんが路地に飛びこんでくる。

「純太──っ」

あ……、ホントに来た。

「よ」

わたしの肩から手を離して、矢代くんは片手を小さくヒョイッとあげた。

「ん？」

壁際でピッタリと向かいあっているわたしたちを見て、修吾くんがキョトンとする。

「なにしてんの、お前ら？」

「ん？　青依ちゃんに壁ドンされてるとこ」

えっ。

「し、してないよっ」

あわてて言ったら、矢代くんがクスッと笑った。

「そっか、登録されてない着信番号だったのは、月島のスマホだったんだ？」

修吾くんが言う。

「う、うん。偶然通りがかったから……。矢代くん気を失って倒れていて、それから、胸のとこがすごく痛そうなの」

早口で修吾くんに訴えた。

「うん。病院に連れてくよ」

修吾くんはそう言うと、立ちあがろうとする矢代くんを支える。

それから三人で自転車まで歩いた。

「月島が連絡くれてホントに助かったよ」

爽やかに笑う修吾くん。

「な、純太」

「うん」

「『うん』じゃなくて、お前もちゃんと月島に礼言えって」

「あ？　さっき、もう言ったし」

矢代くんはいつもの無口な彼に戻ったらしい。

そうして、もう修吾くんの自転車の荷台にまたがって、こっちを見ている……。

だから今、その視線にドギマギしているんだけど。

そんなこととは知らない修吾くんは、わたしのことまで気づかってくれて、なんだか彼の保護者みたい。フフ。

自転車二台。夜道を連れ立って走る。

ことわったんだけど病院と同じ方向だからって、わたしの家まで送ってくれた。

「ありがとう。うちここだから」

「おう、月島、今日はサンキューな」

自転車にまたがったまま地面に足をつき、修吾くんが言う。

「ううん。気をつけてね」

「じゃー」

修吾くんとだけ交わす会話。矢代くんは入ってこない。

思いきって荷台に向かってバイバイって手を振ったら、
矢代くんの口もとがゆっくりと動いた。

「青依ちゃん……」

自転車がすべりだす。

「愛してるよ」

「え――――っ?」

と奇声を発したのは修吾くんだった。

キキーッと急ブレーキで自転車がとまる。

「イッテーな、ケガしてんだぞ。気をつけろ」

「はっ？　純太、お前急になに言ってんだよ」

言いあう声がひびきわたる。

「なにが？」

「今『愛してる』っつった？」

「あー？　お前に言ったんじゃねーし」

「わかってるよっ」

自転車からずり落ちそうになりながら、修吾くんが後ろを振り返ってさけぶ顔が見える。

「ダッセーな。早くだせよ、チャリ」

あきれたようにつぶやく矢代くんの後ろ姿。

修吾くんは、なぜかわたしのほうを見てペコペコと頭を下げると、また自転車にまたがった。

『うちの子が、どーもすみません』ってあやまるお母さんみたいで、ちょっとおかしい。

大きなダダッ子を乗せて、自転車は闇に消えていった。

『愛してるよ』

あの矢代くんからの、まさかの言葉。

ふざけたのか、軽めにそーゆーこと言えちゃう人なのか、いまだわからないまま声だけがよみがえる。

今夜はとにかく眠れそうにないや……。

月明かりの下で交わした言葉も、触れた温もりも、唇の感触も、……胸の中で熱く熱く息づいていた。

マボロシの余韻《よいん》

Ｓｉｄｅ．純太

あんとき――
自分から目を閉じたあの子の唇がかすかにふるえているのを、月と、オレだけが見ていた。

涙も笑顔も、真っすぐすぎて、無防備《むぼうび》すぎて、
それが自分に向けられているなんて、ちょっと、信じらんなかった。

昨夜は病院の夜間救急で応急処置をしてもらって、で、今日またその病院に来てい

る。駅前のでっかい総合病院。

今日はレントゲンを撮って、ちゃんと調べるらしい。

朝から受付《うけつけ》で待たされ、診察《しんさつ》で待たされ、レントゲンで待たされ、もう一回診察室で結果を聞くために待たされているところ。

ダル……。

もう昼すぎだぜ？

ひとり待合室でイラついていると、背後から聞き覚えのある声がした。

「おー純太、ちゃんと来てんだな？」

げ、修吾。

「お前、部活は？」

「うん、抜けてきた」

「なんで？　なんのために？」

「お前がちゃんと病院来てるか、気になってさー」

なんてふざけたことを言う。

「来てるよ。だからもう戻れ」

シッシッと手で追い払うようにしたけれど、修吾は待合室のベンチにドカッと腰を下ろした。オレの隣に。

「ちょっと純太に聞きたいことがあるんだ」
なんてほざいている。
もういいって。昨夜からどんだけ質問してくんだか。
『月島とつきあうのか』って、夜間救急の診察の合間にもずっと聞いてきたからな。
わっかんねーってば。
昨夜……あの子は、なんで逃げなかったんだろう？
オレのキスに、そっと目を閉じたあの子。
長いまつ毛が涙でぬれていた。
自分から目を閉じたくせに、唇はかすかにふるえていて……。
それがたまらなく愛しくて、ガラにもなく体中がカアッと熱くなったんだ。
誰とでもあーゆーことができる子じゃないよな、きっと。
だったらなんで、こんなオレと……？
『好きになってもいいの？』って聞いたら、あの子は小さくうなずいた。
告ったわけじゃあないけれど、あれは……そー思っていて、いいんだろうか？
「でな、純太。お前殴ったやつって、あの北中のリーダーでまちがいない？」
そう修吾は聞いた。

ん？　聞きたいことってそれ？

「あー、うん。お前にやられた男」

「オレ、そいつ殴りにいこうかな」

修吾はボソッと、そう続けた。

「は？　めずらしーこと言うね」

修吾はケンカが強いけど、自分から仕掛けることは、まずない。

売られたケンカは買うけど、負けねーから仕返しもしねーし。

「だってムカつくだろ？　なんで純太なんだよ。この前のリベンジならオレをやればいい」

わりとマジで修吾はおこっていた。

「いーよ、もう。仕返ししたら、またその仕返しされてキリがねーし。これでおさまるんなら終わりにしとけば？」

修吾が責任を感じることはない。

「それにオレだって一方的にやられたわけじゃねーぞ。向こうも肋骨の二、三本はいかれてんじゃねーの？　まー、お互いさまってとこだ」

とウソをつく。

すると修吾は一瞬言葉につまり、それから困ったように眉を下げて、あいまいに笑った。

「そっか、ならいいけど……」

ム。ウソはバレてるようだ。

でもまー、オレの気持ちは伝わったみたい。

誰かがケガすんのは、イヤなんだ。

ケンカとか、ホントはめんどくせーしな。


「ところで純太。月島とつきあうのか？」

出た！　修吾はまたその質問をくり返した。

「知らねーし」

はぐらかしても、ニヤニヤ聞いてくる。昨夜から。

「好きになったか、月島のこと」

「は？　そーゆーんじゃねーから」

相手にすんのがめんどくさくて、読み終えたマンガを取りだした。

「言っとくけど、純太。あの子は今までお前がつきあった女どもとは違うからな」

修吾はエラソーにそう続ける。

「遊びなら、やめとけよ。月島はまじめな子だから」

「だろーね」

ん？

なんだ、それ？

「つーか、そーゆー子とつきあえっつったの、修吾だろ？」

「まじめにつきあうんならな。今までみたいにチャラい感じで遊ぶなら、話は別だ」

修吾はまるで責任者のような顔で口だししてくる。

「今までだって遊んでねーし」

「じゃあマジだった？」

「それはないけど」

「だから言ってる」

修吾の声が低くなった。

「修吾ってホント、オレの元カノたちキライだよな」

あきれて肩をすくめる。

「そりゃそーだろ。騒ぐわりに、すぐに男を乗りかえてさ。純太とつきあってんのに、オレのこと部屋にさそってくる子もいたんだぜ」

思い出したのか、修吾は唇をかんだ。

「ハハ、いけばよかったじゃん」

「いけるかっ」

修吾にはわからない。

「そーゆーのがいーんだよ、楽ちんで……」

そう言ってやった。

とはいえ修吾が言うほど遊んでたってわけじゃない。

過去つきあったのは、ほんの数人。

たいして深くつきあったわけでもなかった。

びっくりするほど記憶があいまいだな……。

顔もさだかじゃなかったりする。

本気じゃないのは、こっちも同じだったたから。

たぶん誰でもよかったんだ。お互いに。

「月島はそういう子じゃねーぞ」

「わかってるよ」

わかってるけど、なんでお前に言われてんだか……。

「ホントにわかってる〜？」

と後ろから声がした。修吾じゃない声。

「うわっ、ヤス、どーしたんだよ？」

振り向くとヤスが立っていた。

「修吾にメールもらったから。純太が青依ちゃんに告ったたって」

そう言ってヒョイと修吾を指差す。

「は？　てめー、口軽っ」

にらみつけると、やつは知らんぷりして横を向いた。

「けど大丈夫？　純太は手が早いから心配だな～」

ムクれるオレと修吾の間を割って、ヤスはストンと腰を下ろす。

「わかってんの？　女の子って大事にしないとこわれちゃうんだぜ」

なんて言って、ヤスはジーッとオレを見た。

「責任とれないことすんなよ」

と、そこだけマジな顔をする。

たしかに……すぐにこわれてしまいそうだ。

だけど、殴られてのびてるオレを、半泣きになりながら心配してくれるあの子が、
かわいくて、なんかマボロシみたいで……。

どーしても触れたくなったんだ。

「まー、青依ちゃんをよろしく」

ポンポンとヤスに肩を叩かれた。

「いや……違う違う！　別に告ってねーし、つきあうって話でもないから」

我に返って否定する。

「じゃーさっさと告っちゃえ」

ヤスはニッと笑ってそう言った。

触れる指先

Side．青依

やわらかな視線に
触れる指先に
息が苦しいくらい
『好き』って思う……。

矢代くんがケガをしたあの月明かりの晩から、もう一週間が過ぎようとしていた。
律ちゃんから聞いたところによると、矢代くんは肋骨を骨折していたらしい。
右側の二本にひびが入っていたんだって。

かなり痛そうだったもん……。

あの晩あんなありえないことがあったのに、わたしはふだんと変わらない毎日を送っている。塾通いの日々。

でも心の中は完全に矢代くんに独占されていて、塾の授業中もよく先生から注意されるようになった。

ぼんやりと考えこんでしまうから……。

だってわからない。

やさしいキスも、『好きになってもいいの？』と聞いてくれたことも、わたしにとってはうれしくて、心がふるえて、涙がこぼれるほどの出来事だったけど……。

だけど、それが矢代くんにとってなんだったのか、まるで自信がもてなかった。

だって順番が違うもん。

普通は、好きになって、告白して、つきあって、ふたりで想いをはぐくんでいって、それからキス……。

なのにわたしたちはなにも始まっていないのに、いきなりキスをしてしまった。

わたしは矢代くんを『好き』だったけど、矢代くんはどういう気持ちだったのかな？

『好きになってもいいの？』って、矢代くんが聞いたのは、キスをしたあとだった。

これから好きになってくれるの？

ならない場合もあるの？

男の子って衝動的にあーゆーことをしちゃうんだろうか？

えっと……誰とでも？

そういう思いに頭を支配されている。

『胸キュンした』とか、『今のままでいて』とか、たくさんくれたドキドキするような言葉も、じっと心の中をのぞきこむような真っすぐな眼差しも……。

それは全部、矢代くんが女の子を落とすときの定番のスタイルなのかもしれない。

悲しいかな、そう考えたほうがまだ納得できるし。

だって矢代くんがわたしのことを好きになるなんてこと、やっぱありえないと思ってしまうから……。

そして——。

あんなにやさしいキスをしておきながら、『愛してるよ』なんて言っておきながら、彼からの連絡はなにもない。

彼氏じゃないんだし、告白されたわけでもないんだから。

つまりこの放置は、このまま一生続くかもしれないんだ……。

時間がたつほどに、ネガティブな気持ちが増してくる。

一回限りの偶然のキス。

それでもうらんだらダメだよね。

だってあのキスは、強引にされたわけじゃなくて、こばまなかったわたしが選んだことだから。

初めてのキスが、矢代くんとでよかった。

キスが上手な人が相手でよかった。

……大好きな人とで、よかった。

そう思おう。

なんて、とうとうなぐさめにかかる。

「……きしま。月島？　おい……月島っ」

え？

「あ……、は、はいっ」

気がつくと目の前に塾の先生が立っていた。

「どうしたんだ、月島。ここんとこ様子がおかしいぞ。キミらしくないな」

「すみません。ちょっと体調が悪くて……」

「そうか？　まぁ無理をしないようにな」

見え透いたウソなのに、先生はそう言っただけだった。

「いーなー、まじめちゃんは。わたしなんてちょっと寝てただけで、親まで呼びだされてしぼられたけどなー」

なんて後ろのほうから聞こえよがしな声がする。

いつもまじめでハメを外さない分、先生からはたぶん信頼されている。

そんなことがわたしの取り柄。

「あとちょっとだからがんばろーね」

隣の席の子が声をかけてくれた。

「うん」

今週で夏期講習は終わる。

あとは夏休みの終わりに向けて、自由参加の勉強会があるだけだった。

残っている宿題を一気に片づけちゃう会。


家で夜、勉強机に向かっていても、やる気なんてまったく起こらない。

夏休みが終わっても、矢代くんは学校には来ないんだなーとか、会えるだけでもいいのにとか、やっぱ矢代くんのことばかり考えてしまう。

フゥ……と小さくため息をついたとき、机の端っこでスマホがふるえだした。

手に取ると、四角い画面には固定電話の番号が表示されている。

登録していない番号……。

「は……い」

戸惑いながら出てみると、受話器から聞き覚えのある声がした。

「青依ちゃん？」

ハッ！　矢代くんの声だ……！

「誰だかわかる？」

「う、うん。矢代くん？」

「あれ、わかんの？」

なんて彼は言った。……わかるもん。

「ビックリした？」

「うん」

「今、平気？」

「うん」

「修吾に電話番号聞いたんだけど、よかった？」

「うん」

「〝うん〟しか言わねーの？」

「え？」

と聞き返すと、スマホからフッとやわらかな声がもれた。

「オレも電話……苦手なんだよね」

スマホを通して聞く矢代くんの声は、いつもより少し低めで、ドキドキする。

「でもまー、電話しないと始まんねーと思ったから」

そう矢代くんは言った。

え……？

「してもよかった？」

「あ、うん。ぜんぜん大丈夫。う、うれしい、よ」

勇気をだしてそう答えた。

「電話じゃなくて、キスだよ？」

「えっ？」

「してもよかった？」

あ、わ、わ……。

コクンとうなずく。

「………」

「あ、あの、今、うなずいたから」

電話だから見えないと気づいて、自分の動作を説明してみた。

「プッ」

そうしたら矢代くんが笑いだす。

か、か、からかってるの？

「青依ちゃんさー、今度うちに来ない？」

次に矢代くんはそう聞いた。

「い、行く」

あわててそう答えたら、矢代くんは「じゃー明日な」と言った。

「あ、明日は塾があるの。来週になったら自由参加になるんだけど……」

「オッケー。じゃー月曜の昼ごろは？」

「う、うん」

「待ってる」

矢代くんはサラリとそう言って、電話を切った。

すごい……。矢代くんが電話してくれるなんて。

『電話しないと始まんねーと思ったから』

そう言ってくれた言葉が耳に残っていた。

始めようと思ってくれたってこと？

こんなわたしと……？

わ、わたしもがんばらなくっちゃ。

よし。月曜はまたドーナツを作ってもっていこう！

手作りが好きだと言った矢代くんのために……。


そうして月曜、午前十時――。

約束した時間よりずいぶん前に矢代くんのアパートについてしまった。

はりきりすぎてはずかしいけど、やっぱり早く会いたくて……。

それに家にいると、早朝から気合を入れてドーナツ作りをした理由を、お母さんに見やぶられそうで落ち着かなかったんだ。

心配性のお母さんには『友達と食べる』としか、言えなかったから……。

階段をのぼり、呼び鈴を押して待つ。

「よ。早いね」

「はっ、早すぎだよね？　出直そっか？」

出てきた矢代くんにそう聞くと、彼はポソッとつぶやいた。

「バーカ」

友達に言うときとは違うやさしい言い方。

それから矢代くんの手がスッとわたしの手を取り、中へ招き入れてくれた。

わ……。

「座って」

すすめられるままにキッチンのイスに座ると、矢代くんはテーブルの上に置かれた食器を片づけだす。

朝ごはんを食べ終わったとこみたい。

「あ、あの、わたし、洗おっか？」

「いーよ」

「ケガは？　大丈夫？」

「うん」

慣れた手つきで食器を洗いながら、矢代くんはケガの状況を説明してくれた。

「あの、これ、お見舞い」

コトンと、テーブルにペーパーバッグを置く。

中身はそう、レモンボール。

「あ、おいしーやつだ」

手を拭きながら戻ってきて、矢代くんはペーパーバッグをのぞきこんだ。

「後でおやつにしようね」

そう言ったら、矢代くんはプスッと笑った。

「それ、三歳児に対するしゃべり方」

「え、そうかな?」

「ガキだと思ってるっしょ、オレのこと」

「思ってないよ、思ってないよ」

「二回言うとこが怪しー」

なーんて、ちょっとスネたような口調になるけど、彼の顔は涼やかなまま。

ガキだなんてちっとも思えなくて、むしろおとなっぽい視線にドキドキしていた。

「コーヒー?」

「え」

「インスタントだよ」

まさかの、矢代くんにコーヒーをいれてもらう。

キッチンに立つ彼の後ろ姿……。

そっとテーブルに不ぞろいなマグカップをふたつ置き、矢代くんはわたしの向かいの席に座った。

澄んだ目がこっちに向けられるだけで、緊張して体が固まる。

この部屋に、今、ふたりきり……。

この前みたいな偶然ではなく、ふたりで約束して、こうして会っている。

ピ。

と、矢代くんがエアコンのスイッチを入れた。

「朝から暑すぎな」

マグカップをテーブルに置いたまま彼は立ちあがり、続き間のリビングへと移動する。

「こっちのが涼しいから、それ飲んだら青依ちゃんもおいで」

「う、うん」

矢代くんはなんの迷いもなくいつもの窓際に腰を下ろしたけれど、わたしはボーッと立ったまんま。

だって……はずかしくて、どこに座ったらいいのかわからない。

「一緒に聴く？」

そんなわたしを見あげて、矢代くんが聞いた。

手にしたメタルブルーのオーディオプレーヤーを見せながら。

それは携帯型《けいたいがた》の音楽プレーヤーで、イヤホンが一本垂れ下がっていた。

「う、うん」

充電が切れかけたロボットみたいにぎくしゃくした動きで、矢代くんの並びにペタンと座る。

「デッキとかスピーカーとか、ねーからさ」

そう言いながら、彼はこっちを向いた。

ドキ……。

「え、遠いんだけど」

真顔だった矢代くんの表情がふわっとやわらぐ。

ひとつのイヤホンを片耳ずつ使って聴くわけだから、あんまり遠いとコードが届かないのに、距離を置いてひょこんと座っているわたしが、おかしかったみたい。

いや、これでも精いっぱい近づいたつもりだったんだけど。

すると矢代くんはヒョイと身軽に腰をあげて、わたしの横に来てくれた。

片膝を立てて、寄り添うように座る。

わわ……。

彼の手がスッと伸びて、わたしの髪を片耳にかけた。

そうしてイヤホンの片っぽを、あらわになったその耳にそっと差しこむ。

たぶん真っ赤に染まっているであろうわたしの耳に、矢代くんの指が触れている。

「昔の歌ばっかなんだけどな」

そう言いながら、彼はイヤホンのもう片方を自分の耳の中に入れた。

あ……。

聞き覚えのあるメロディが流れだす。

少しなつかしいような曲。

「新しい歌を入れたいんだけど、やり方がわかんないんだよな。パソコンねーから知りあいに入れてもらったんだけど、その人もういねーし」

「あ、わたしできるかも。新しい歌入れられるよ」

わたしがそう言うと、矢代くんはちょっと驚いた顔をした。

「マジで？　友達にたのんだら、今入ってるのが消えちゃうかもって言われたんだけど」

「大丈夫。今のはそのまま残しておいて、新しいファイルを作って、それを同期させるの。前にネットで調べながらやったことがある」

「へぇ～」

「二、三日貸してもらえたら、やってみるけど？　矢代くんはどんな歌が好き？　レンタルしてきて入れてあげる」

矢代くんのためになにかできることがうれしくて、はりきって宣言した。

「じゃー青依ちゃんが聴いてるやつ入れてよ。オレ、歌、あんま知らねーし」

矢代くんが、当たり前のことのように言うから、なんだか……心がふわふわしてくる。

ずっと前からの仲良しみたいなんだもん。

肩が触れるほど近くに並んで、同じ歌を聴いて……。

未体験のこの距離感。

人見知りのわたしが、無意識に他人との間に設ける距離を、矢代くんはいつも簡単につめてくる。

体感的な距離も、心の距離も……。

イヤホンを直すフリをしながら、盗み見るように彼を見あげた。

まつ毛長いな……。

キレイな顔だから、黙っていると冷たそうに見えるんだ。

教室やこの部屋でムスッとしていたちょっとこわそうな矢代くんを思い出す。

でも、やわらかに笑う目も、触れる指先も、ホントの矢代くんは、とてもやさしい。

「あのさー青依ちゃん、修吾のこと、なんて呼んでる？」

ふいに矢代くんが聞いてきた。

「え、今は『修吾くん』かな」

「ヤスのことは？」

「『ヤスくん』」

「で、オレは？」

「『矢代……くん』」

「いや、おかしーだろ、それ」

と矢代くんが笑う。

「え、そう？」

キョトンと聞き返すと、彼はサラッと言った。

「『純太』で、いーよ」

じゅ、じゅんた……？

ダメだ、呼べない。はずかしすぎる。

赤くなって固まっていたら、隣でフッと吐息がもれた。

矢代くんの手が、後ろからわたしの肩に回されて、その手にグイッとひきよせられる。

わわ……。

窓のサッシを背にした矢代くんの肩に、頭ごともたれるような形になった。

ピッタリと寄りそって音楽を聴くラブラブカップルみたい。

ドキドキドキドキ。

暖かな矢代くんの体温……。

もはや自分の心臓の音がうるさすぎて、音楽なんて耳に入らない。

「青依ちゃん」

「？」

「オレのこと、好き……？」

見あげた目の先で、前を向いたまま独り言のように矢代くんがつぶやいた。

……うん！

声にならなかったけど、ブンとうなずく。

「どこがいーの？」

クルッと動いたいたずらっ子のような目が微笑んだ。

「え……っと、やさしいとこと、笑った顔」

こ、声が裏返りそう。

「オレはね、すぐに真っ赤になるとこがかわいくて、好き」

やわらかな声が静かにひびいた。

「ほらね」

そうささやいた矢代くんの指が、頬に触れる。

わたしの髪を絡ませて遊ぶ指先。

ただ、されるままになって、透けるように明るい瞳の奥を見つめていた。

吸いこまれるままに……。

「そんなうるんだ目をして……さそってんの？」

意地悪な言葉とは裏腹《うらはら》に、やさしい感触がわたしの唇に落とされる。

あ……。矢代くんのキス。

思わず名前を呼んだ。

「ん……矢代くん……」

「じゃなくて純太」

「じゅ、純太……くん」

吐息が……熱を帯びていく。

くり返し重なる唇。

い、息が苦しいよ。

「青依ちゃん、オレの……彼女になる？」

キスの合間にささやく声に、熱に浮かされるように何度もうなずいたこと、あなたはわかってくれたかな……？

「早く、肋骨なおんねーかな」

一瞬、矢代くんの腕の中にフワッと包まれる。

「もっと思いっきし抱きしめるのに」

そうつぶやいて、矢代くん、あ、いや、純太くん……は、そっと体をはなした。

「カレー食う？」

そうして今度はやさしい微笑みをわたしに向ける。

「あ、うん。もうお昼なんだね」

てっきりレトルトのカレーだと思い、返事をすると、「おっし！」と純太くんは立ちあがった。

ジャーッという水道の音につられて様子をうかがうと、彼はもうキッチンに立って、じゃがいもをゴロゴロと洗っている。

「あの、手伝おうか？」

「いーよ、青依ちゃんは。座って待っときな」

キッチンまで行って声をかけると、純太くんはいともあっさりそう答えた。

包丁が器用に動き、彼の手の中で、じゃがいもの皮がスルスルとむかれていく。

う、うまい……。

手伝うなんて言ったけど、わたし、実はカレーの作り方すら知らないや。

肉って炒めてから入れるんだっけ？

何分ぐらい煮込むんだ？

ピーラーがあれば、にんじんの皮ぐらいはむけるけど……。

純太くんは水を張ったボウルに、皮をむいたじゃがいもをちゃぷんとしずめていく。

「急だったからうす切りの肉しかないけど、いい?」

なんて、彼が突然振り向いた。

い、いーですとも、いーですとも。

コクコクとうなずく。

立ったままのわたしを気づかって、彼は本棚からマンガの単行本をもってきてくれた。

「ハイ、これが青依ちゃんへのイチ押し」

純太くんはキッチンのテーブルに、それを数冊デンと置く。

ちょっとかわいい絵柄のマンガ。

「これ読んで少しだけ待ってて」なんて、やさしいな……。

「純太くんって、お料理とかする人なんだね」

お言葉に甘えてイスに腰かけながらそう言うと、彼は手をとめることなく答えた。

「あー……、スゲーひさしぶりだぜ?」

「包丁さばきとか、すごい上手でビックリした」

「うちの家、小学生のころは夕飯を作るの当番制だったんだ。だからなれてるだけ。今はもうやってないよ」

純太くんはコンロに少し大ぶりの鍋《なべ》をセットしながらそう言う。

「当番制やめたの？」

「うん。もう誰も食わねーし」

「え？」

「母親は……遅くまで仕事するようになったから、基本、職場で食って帰ってくるし」

「そっかー。でもえらいんだね、自分のことちゃんとできて」

うちはお母さんが全部やってくれるから、わたしはなにもしない。

食べ終わったお皿すら片づけもせずにテーブルに放置している。

はずかしいな。

今日からは、せめて食器洗いぐらい手伝おうかな。

「別にこった料理はしねーよ。誰にでもできるもんしか作んないし」

「でもわたし、それすらできないかも」

カレーも作れない。

「書いてあんだよ、パッケージの裏に。カレーもシチューもマーボー豆腐も、作り方が書いてあるから、そのとおりにやれば誰でもできんの」

彼はサラリとそう言った。

ひとりぼっちのキッチンで、パッケージに記されたレシピを見ながらご飯を作っていた小学生の純太くん……。

想像すると、なんだかいじらしくて、胸がきゅっとした。

料理を待つ間、彼がすすめてくれたマンガの本を手に取ってみる。

手持ち無沙汰《ぶさた》で読み始めてみると、すっかり読みふけってしまった。

なにこれ、すっごいおもしろい……！

ときどきクスクス笑ったり、ジーンと感動して鼻をすすったりすると、純太くんがのぞきにくる。

「どこどこ、どのページ？」って。

で、「あー、そのシーンなー」って、うれしそうに納得して、料理に戻っていくんだ。

フフ。ちょっとマンガおたくの純太くん。

そうして――。

炊きたてのご飯で食べる純太くんのカレーは絶品《ぜっぴん》だった。

プチサラダもついていて、彼の器用さとマメさに感心する。

「おいしいね！」

「そっか？」

向かいあってカレーをほおばりながら、すごく不思議な気持ちになっていた。

なんだかこれ、現実じゃないみたい。幸せすぎる……。

「もうすぐ夏休み終わるね」

なにか話さなきゃと思ったら、そんな言葉が口からでた。

「あー……あと三日？」

純太くんは気のない様子。

「明日も来ちゃおうかな……？」

「え、塾は？　毎日あんだろ？」

「もう夏期講習は終わったから、あとは新学期まで自由参加なの。授業はなくて、学校の宿題やったり実力テストの自習をしたり」

「じゃー、ここで一緒にベンキョーする？」

と意外なことを純太くんは言った。

「つーか、宿題教えてほしいんだよね」

「え、宿題？」

「うん。ちゃんとやってんだぜ、プリント集」

なんでもないようにそう言うと、純太くんはカレーをまたひとさじすくう。

「ちょいちょい前川んとこ行って教わってんの」

「前川って、担任の前川先生？」

驚いて聞き返すと、彼はカレーをほおばりながら「うん」とうなずいた。

「すごいね、それ」

「しつけーんだよ、やらねーと。でもまだ残ってるから、ちょうど前川に聞こうと思ってたんだ。それ、青依ちゃんが教えてくれる？」

「もちろん！」

うれしくなって、力いっぱいうなずいた。

だって、それなら役に立てそうだもん。

「あー、でもオレ、相当バカなんだけど……幻滅《げんめつ》しない？」

「しないよ、そんなの！　わたしだってカレー作れないもん」

幻滅なんてするわけないもん。

だってこんなに好きなのに……。

それをわかってほしくて、手をグーにして力説《りきせつ》すると、純太くんがプハッと吹きだした。

「じゃー、よろしく」

一緒にご飯を食べて、一緒に食器を洗って……。

それからテレビを見たり、ゲームをしたり、おしゃべりしたりして過ごした。
『勉強は明日から』って、ダダッ子くんが主張《しゅちょう》するから。
ふたりだけの時間。
ふたりだけの空間。
信じられないくらい幸せな……きっと今日がふたりの記念日——。
帰りに純太くんのオーディオプレーヤーを預かった。
いつも彼のそばにあって彼を癒《いや》していた音楽たち。
そこへ新しい曲を仲間入りさせるために。
純太くんのいい彼女になれるように、わたし、がんばるからね。
メタルブルーのプレーヤーをぎゅっと握って、わたしはそう心に誓《ちか》った。

一歩

Side．純太

うるんだ目で見あげるあの子。

いや、まさかさそってねーよな？

わかってんのに、不覚《ふかく》にもドキッとした……。

大丈夫か、オレ⁉


夜になって、ヤスと修吾が家に来た。

「どした、純太？」

三人でめいめいテレビを見たりマンガを読んだりしていると、不意にヤスに聞かれた。

「なにが？」

「なんかお前、今日ポケッとしてない？」

「……してねーし」

「さっきからずっと同じページだぞ、それ」

ヤスは顎《あご》でオレの手にあるマンガを指す。

「眠いんだよ。半分寝てた」

ダルそーに、そう答えたけど、ぜんぜん眠くなんかない。

夕方あの子が帰ってから、なぜかずっとこうなんだ。

頭が勝手にあの子のことばかりを思い出している。

「つーか純太、今日の昼間いなかったよな、ここに」

今度は床に転がってテレビを観ていた修吾が顔をあげた。

「いつもなら留守でも開けっぱなのに、鍵がかかってて入れなかったぜ？」

と修吾はけげんそうに言う。

「朝は、親が仕事行くときに鍵を閉めてくんだよ」

壁にもたれ、あぐらの上に置いたマンガに視線を落としたまま、オレは気のない返事をした。

「寝てんのかと思って、結構ピンポン鳴らしたんだけどな。鍵かけてどっか行ってたの？　なんか部屋の中で音がしたよーな気がしたんだけど」

と修吾はしつこい。

「あー、かも……」

適当に答えて話を終わらせた。

やっぱ来たんだ、こいつ。

インターホンの電源切っといて正解だったな。

あの子がいるときにこいつらが来たら、めんどくせーもん。

「あれっ、純太、カレー作ったのか？」

キッチンに麦茶をくみにいった修吾が、すっとんきょうな声をあげる。

ルーの空箱でも見つけたようだ。

「……まーな」

「ひっさしぶりだなー、お前のカレー！　昔はよく食ったよなぁ」

こっちの返事が聞こえたのかわかんねーけど、やつは向こうでがなり立てている。

「食ってけば？」

「えっ、いいのか？　やった！」

やっぱ聞こえてんだ。

なにがうれしいのか、テンションマックスの修吾の声がキッチンからひびいてきた。

「へ～、純太、カレーなんか作れちゃうんだ？」

ヤスが横で驚いている。

「まーな」

「案外器用なんだ？」

「まーな」

「青依ちゃん、うまいっつってた？」

「まーな。……あ。えっ？」

どうやら誘導尋問にひっかかったらしく、ヤスはゲラゲラと笑いだした。

「お前さー、ピンポン鳴らないように細工《さいく》したただろ？　オレらを締めだして、いたいけな少女を連れこんで、なにやってんだよ～」

肘《ひじ》でオレを突っつき、ヤスは今日もニヤニヤ顔を炸裂《さくれつ》させる。

クソ。

「なにもしてねーし」

「へ～。じゃー青依ちゃんとふたりっきりになりたかったんだ？」

グッ、と言葉につまった。

「プッハ、かっわいー、純太くん！」

クソ。こいつ……。

「ヤスも食うだろー？」

ヤスとキッチンへ行くと、修吾は二人前のカレーをレンジで温めているところだった。

「オレのは？」と聞くと「純太はおばさんと一緒に食え」とか言われた。

ハン、おせっかいめ。

「純太のカレーはうまいぞ」

「へー、レアだから食っとこ」

修吾にさそわれて、ヤスもやつの向かいの席についた。

しゃーねーからオレもヤスの隣に座る。

「普通にうまいじゃん。お前って料理とかするイメージねーのにな」

ヤスはひと口食うとそう言った。

「つーか、動くイメージがねーのよ、純太には」

そう続けてヤスは笑う。

ヤスとのつきあいは中学からだからな。

半ひきこもりか、本物のヒッキーになっちまったオレのことしか知らねーんだ。

「ガキのころはホントの意味でヤンチャだったんだぜ、純太は。いつも元気に動きまわってた。家の手伝いもよくやってたしな」

修吾がなつかしげに語った。

「別に。オレがやらなきゃ誰もしねーもん」

夕飯も、後片づけも、洗濯物《せんたくもの》を取りこんでたたむのだって、兄貴は当番サボってばっかだったからな。

「こんなにできるんなら、いつもおばさんに夕飯作ってやりゃあいーのに」

ヤスが軽くそう言った。

「いや、今はあの人、職場で食ってから帰ってくるようになったからさ」

「ふ～ん」

兄貴が死んでから、母親は夜遅くまで仕事のシフトを入れるようになった。

オレに手がかからなくなったからか、万年人手不足の勤め先からたのまれてのことなのか、わかんねーけど。

いや、ホントはわかってる。

オレとふたりでいるのが息苦しいんだ。だからさけてる。お互いに。

「だけど月島とつきあえてよかったよな、純太は」

ぼんやり考えてると、唐突に修吾が言った。

「は？」

「だんだんと、もとの純太に戻ってくみたいだ」

は……。なに言ってんだか。

「色を失くしたお前の日々に、少しずつ色がついていくみたいで、うれしーんだよ、オレは」

修吾は真顔《まがお》でそんなことを言った。

「そーゆーキモいことを素で言えるのが、お前の特徴な」

と、オレはそっぽを向く。

「あー、でもオレ、それわかるわ」

ヤスまでもが、そんなことを言いだした。

「オレは純太と知りあって二年ちょいだけど、ここ一、二カ月のお前って、スッゲー新鮮」

「なにがっ？」

「おこったり笑ったりするもん」

「は？　おこったりは今までだって普通にしてただろーが」

「してねーしてねー。なに言ったってガンムシだったじゃん。『あ、そー』みたいな」

そう言って、ヤスはオレのマネをしているらしく無表情な顔を作ってみせる。

「よかったなぁ、純太」

修吾がしみじみ言うから相当ウザいんだけど、でもまぁ実際そーなのかもな、とは思う。

あの子と会って以来、オレちょっとおかしーし……。

「恋だな」

修吾がボソッとつぶやいた。

「は？　うっせー、バカ」

思わずすごんでにらみつけてやった。

「ほらほら、純太がこんなふうにムキになること、今までなかったもんな～」

「な～」

「顔赤くなったりなんか、しなかったもんな～」

「な～」

ヤスと修吾が調子をあわせて、ニコニコ顔を見あわせている。

クソ、こいつら……。

そーこーするうちに夜になり、母親が仕事から帰ってきた。

七時だから今日は割と早いほう。

「おばさん。純太がカレー作ったんだぜ」

修吾がうれしそうに報告している。

「あら、でも、食べてきちゃったのよ、夕ご飯」

母親は残念そうにそう言った。ほらな。

「じゃー、オレらはこの辺で」

修吾とヤスが帰っていくと、とたんに家じゅうの空気が重くなる。

「やっぱり、ちょっともらおうかな、カレー」

静かになった部屋で、母さんが独り言のようにつぶやいた。

「いーよ、別に。無理しなくても」

そう言ったけど、もう食器棚から小さめの皿をだしている。

結局テーブルで向かいあって、ふたりでカレーを食うことになった。

「ひさしぶりだね、純太のカレー」

「あー……」

それきり会話は途切れて、ただカチャカチャと、スプーンが皿に当たる音だけがひびいていた。

ホントはオレ、わかってるんだ……。

あの日、母さんがオレの首を絞めたのは、オレのことが憎かったからじゃないってこと。

オレを一緒に連れて死にたかったんだって。

残される小さなオレがかわいそうで、置いてはいけなかったんだって。

そんなことはわかってる。

だから……。

だからこそ……。

そんな母親に抵抗して拒絶《きょぜつ》してしまったことが、オレはずっと後ろめたかった。

絶望して、ひとりぼっちで川に身を投げた母さんが、かわいそうだった。

たまたま助かっただけで、最後の最後に母さんの背中を突き飛ばしたのは自分だったんじゃないかと思うと、オレはそれが、ずっとずっと苦しかった……。

あのまま殺されていれば、母さんと兄貴と三人で天国で笑っていられたのにって、ガキのころは何度思ったことか。

そうすればこんな悲しい気持ちで生きることもなかったのにって……な。

……母さんもまた、オレを殺そうとした自分をずっと責め続けているんだと思う。

だからオレたちは、ふたりで一緒にいるのが苦しいんだ。

お互いに自分の罪を突きつけられるから……。

別にうらんでなんかないのにな。

ただ……。

体に刻まれた感覚は消えない。

五感が記憶を呼び覚ます。

首に残る母の手の感触。

正気ではないおそろしい母の形相。

声。息づかい。

呼吸ができなくなって悶絶《もんぜつ》する苦しさ。

思いきり蹴りあげた母の腹のやわらかな感触が、今も足先に残っている気がする。

母さんの手にも残ってるのか?

オレの首を絞めた感触が。

よみがえる?

苦しむオレのうめき声が。

白目《しろめ》をむいて紫色になっていく息子の顔が……。


ガチャーンと、皿にスプーンを置く音がひびいた。

「え?」

その音に驚いた母さんが顔をあげる。

「オレ、彼女ができた」

ひと息にそう告げた。

「あら、どんな子？」

母親の顔がパッと明るくなる。

「ん～、よくわかんねーけど、えっと……やさしい、子」

オレがそう答えると、母さんはなんだかスゲーうれしそうな顔をした。

「今度……会わせるから」

照れくさくなってボソッと言ったオレの向かいで、母さんは目を真っ赤にして何度も何度もうなずいている。

「月島青依……っていうんだ」

青依ちゃんの名前を口にしたら、なんでか胸がジーンとした。

明日、また会える……。


翌日――。

午後一時きっかりに、青依ちゃんはやってきた。

「こ、こんにちは」

ドアを開けると、きちんとお辞儀をして、トコトコと部屋にあがってくる。

それから青依ちゃんはキッチンのイスにカバンを置き、いきなりうるんだ目でオレを見あげた。

え？

「ゴ、ゴメンなさい！」

は？　なんか思いつめた様子。

「わたし、ちゃんとできるって言ったのに……っ」

カバンの中のポーチから、青依ちゃんは大事そうに、オレが預けたオーディオプレーヤーを取りだした。

彼女はそれをぎゅっと握って、悲しそうに言ったんだ。

「消えちゃったの……入ってた曲、全部」

「え、」

「ネットで調べたとおりにしたのに、なぜだかうまくいかなくて、もともと入ってたファイルが消えてしまったの」

それから青依ちゃんは、おもむろにカバンからノートを取りだすと、それを開いた。

「純太くん、入ってた曲名わかる？　わたし、レンタルしてきて、もう一度入れなおすから教えて」

青依ちゃんは深刻《しんこく》な顔をして、真剣そのものでそう言った。

「いーよ、別に……」

「え?」

「もういーんだ」

「で、でも」

「ホントにもう……卒業しなきゃいけねーから」

戸惑ったように見あげる青依ちゃんの手から、さっとプレーヤーを取りあげた。

兄貴の形見《かたみ》。メタルブルーの音楽プレーヤー。

兄貴が毎日聴いていた歌——。

主を失って、このプレーヤーの中の時間もとまり、流行りの歌もちょっとした懐メロになっていた。

さびしいときも悲しいときも、このスイッチを押しさえすれば、オレはいつも兄貴を感じることができた……。

ここに入っている一曲一曲に、兄貴の日々が息づいているような気がして、オレはこいつを、ずっとずっと大切にしてきたんだ。

だけど……。

チラッとうかがうと、青依ちゃんが今にも泣きだしそうな顔で、オレを見あげている。

唇をキュッと結んで。

あー……、おこれねー……。

「いーよ、もう気にしなくて」

ヘラッと笑ってそう言うと、オレはこの話をおしまいにした。

それからオレたちはかなりまじめに勉強をした。

つーかテーブルにプリント集を広げて、青依ちゃんに宿題を教わったんだけど。

やっぱ頭いいし、しっかりしてんのな。

こんなオレにも青依ちゃんはスゲー根気《こんき》強く教えてくれる。

三歳児に教えるみたいに。

そのくせ急に隣の席から、すがるように見あげてくるから困った。

「純太くん……」

うるんだ瞳。

じっと、上目づかいで……。

さ、さそってねーよな？

「明日もあさっても来ていい……？　学校始まったら、こんなに長い時間会えなくなるから、夏休みが終わるまでの間、ずっと純太くんと一緒にいたい……よ？」

青依ちゃんははずかしがりやのくせに、ときどきスゲー真っすぐにものを言う。

「うん……そっか」

「ダメ？」

首をかしげ、ウルウルとした目で見つめてくる。

「いや、別に」

えーと。

さ、さそって……ねーよな？

「じゃあ、がんばろうね、宿題！」

「お、おう」


で、まじめ、かつ純真な青依ちゃんは、やっぱりさそってるわけではぜんぜんなくて、オレは三日間、みっちりと宿題をやらされた。

青依ちゃんも自分の課題をもってきていて、確実にそれをこなしている。

「ん～」と無心に問題を解く横顔。

隣を盗み見ながら、オレは不埒《ふらち》な心を抱く自分をもてあましていた。

だって、こ～んな狭い部屋に、こ～んな無防備な青依ちゃんとふたりきりだぜ？

本人は自覚ゼロだろーけど、ピュアな青依ちゃんの天使すぎる言動に、オレはこの三日間、いちいち悩まされてきたわけだ。

だけど……。キスをすれば、もっとその先がほしくなる。

途中でとめられる自信ねーし。

一生懸命勉強を教えてくれる青依ちゃんを、押し倒すわけにはいかねーよな……。

つーか、キスの先にそーゆー行為があることすら、この子は知らねーんじゃねーのか？とさえ思える。

だって清らかすぎるだろ。

もしかして、サンタクロースだって今でも信じてるかもしんない。

まぁそんなわけで、けがれなき青依ちゃんの立派な彼氏となるべく、オレも一応奮《ふん》闘《とう》していたっつー話。


「できた……！」

最終日の夕方、ついに前川おすすめのプリント集をやり終えた。

こーんなまじめに勉強したのは、まちがいなく人生初だ。

やり遂げたプリント集を目の前にして、マジ感動……！

言っとくけど、修吾やヤスみたいに、解答丸写《かいとうまるうつ》しじゃねーからな。

「すっごいがんばったよね、純太くん」

横からオレの顔を見あげ、青依ちゃんがやさしく笑った。

出た！　ガキを相手にする言い方。

「ごほうびは？」

それならそれでこっちもあまえてみる。

「宿題がんばったごほうび」

シレッと言っても、青依ちゃんはキョトンとしている。

『キ・ス』

口の形だけでそう告げると、指先で自分の唇をちょんと指した。

それから目をつむって、じっと待つ。

………。

沈黙。

だろーな。

きっと青依ちゃんは、ボワッと真っ赤になって固まっているはずだ。

イジワルはやめて目を開けてやろーとしたとき、オレの頬に青依ちゃんの指先が触れた。

え？

唇にかすかにとまる……淡雪みたいなキス。

一瞬で溶けてしまったその感触を失いたくなくて、オレは思わず頬にあるその手をつかんだ。

ずっとガマンしてた分、ゴメン、余裕ねー……。

やわらかな唇をむさぼるようにふさいだ。

「……ん……」

不慣れな青依ちゃんは息が苦しいのか、すぐに甘い声をもらすんだ。

「ん……純……く……」

あまりの可憐《かれん》さに、理性が吹っ飛ぶ。

イスから立ちあがり腰をかがめてオレに口づける青依ちゃんを、胸の中にグイッと抱きしめた。

大好きだよ……と、言う前に
「イッテーッ」

肋骨に激痛が走った。クソ、折れてんだった……。

驚いてオレから体を遠ざける青依ちゃん。

テーブルに突っ伏してうめくオレ。

「ゴ、ゴメンね、純太くん。大丈夫？　大丈夫？」

青依ちゃんがオロオロしている。

「こ、こちらこそ……」

ダッセ……。

ズキズキとした痛みがひくころには、早番だった母親が帰ってきて、ジ・エンド。

こんな日に限って、早番だと。

「まぁ……！」

リビングへ入ってきた母親は青依ちゃんをひと目見て、パッと明るい笑顔になった。

「こ、こんにちは。月島青依ですっ。お、おじゃましてます！」

青依ちゃんは一瞬にして緊張マックスで、ガチガチになってお辞儀をしている。

「まぁ、こんなかわいい人と……」

母さんはなぜか目頭を押さえる。

い……や、泣くなって。

「純太はこんなだけど……。本当は……とてもやさしい子だから、どうかどうかよろしくお願いします」

「こっ、こちらこそ、よろしくお願いします……！」

ふたりでペコペコと、頭を下げあっている。

まー、そんなこんなで、あまく過酷《かこく》な三日間は、終わった――。

眠れない夜

Side. 青依

教室に咲いた貴方の笑顔。

まぶしくて、ドキドキする。


新学期――。

「おっはよー」

「元気だった？」

なつかしい声が教室にひびく。

夏休みが終わってしまった気《け》だるさは、教室の喧騒《けんそう》にあっというまに飲みこまれていった。

黒板。机。窓から差す光。

風に揺れるカーテン。校庭の風景。廊下を走る足音。

うん、この感じ！

日常が目覚めていく。

予鈴《よれい》が鳴り、みんなそれぞれの席に分かれていった。

わたしの席は教室のほぼ真ん中あたり。

律ちゃんとは前回の席替えではなればなれになっちゃったんだ。

ガラッ。

ほぼ全員が席につき、先生が入ってくるのを待っているタイミングで、入り口の引き戸が開いた。

ん？

先生じゃなくて、男子……かな？

中に入ってこないから、よく見えない。

「ここ、何組？」

抑揚《よくよう》のない声が先に耳に入ってきた。

え、この声……？

「一組だけど？」

一番前の席の女子が答えている。

「一組……。ん～、修吾いる？」

そう聞き返して姿を見せたその人は、

じゅ、じゅ、純太くん……っ？

す、すごい。制服姿だ。

長袖のカッターシャツを袖まくりして、前ボタンはふたつ目くらいまで開けている。

中から白Tが見えてるもん。

ズボンは少しローウエスト気味で、でもシャツの裾は一応中に入っている。

ソフトに着くずしてる感じ、かな。

制服姿の純太くんはまぶしくて……ほかの人とはぜんぜん違って見えた。

来るなら来るで、なんで教えてくれなかったんだろう？

まさか学校で会えるとは思ってなかったから、うれしくってドキドキしてくる。

「おー、純太、来たか」

後方から、修吾くんの声が教室にひびいた。

「オレ、何組？」

入り口の木枠《きわく》に片手をかけながら、純太くんは修吾くんを見る。

「プハッ、忘れんなよ。ここだ、ここ。オレと一緒。一組だ」

修吾くんは超うれしそうに立ちあがった。

そうして、教卓の真ん前の席を指差す。

「お前の席、そこな」

いつのまにか定位置となっている不登校の彼の席。

「は？　イヤなんだけど」

テンション低めにつぶやくと、純太くんは黒板の前をスルーして、窓際へと向かった。

スタスタ歩いていく様子を、なぜかクラス全員で見守ってしまう。

「あれ誰？」

「矢代純太だよ。ほら、不登校の……」

わたしの後ろの席で、女子がふたりささやきあっている。

「へぇ、初めて見た。結構イケてない？」

「うん、思った！　あんなカッコよかったっけ」

純太くんを見て、ふたりの女子は声をはずませていた。

窓際の、前から三番目の席の横で、純太くんは足をとめる。

「なー、席替わってくんない？」

彼はためらいもなくそう言った。なんの迷いもなく、その子を見下ろしながら。

「え」

見あげる男子は小西《こにし》くんっていう、ちょっとおとなしめの子。

クラスでも感じの悪い男子から、よくパシられたりしている。

「ウケる〜。ことわれないよ、小西。矢代って、ちょっとこわそーだもんね」

後ろのささやき声がそう言った。

「で、でも僕も、こ、この席気に入ってるし……」

小西くんは口ごもりながらも、一応抵抗を試みている。

「オレさー、苦手なんだよね、学校」

そんな小西くんに、顔色ひとつ変えずに純太くんは言った。

「それに肋骨折れてるし」

それ、席を替わる理由になるの？

「そ、そういうことなら……」

だけど小西くんはそう言って、すごすごと席を移動しだした。

カバンと、机の中の持ち物を全部抱えて。

なんだか……かわいそうだよ。

「やっぱりね〜」

その姿を見て、後ろの女子たちはクスクス笑っていたけれど、わたしは笑う気にはなれなかった。

だって、まるで自分を見ているよう……。

たぶんわたし、女子の中では小西くんと同じ立ち位置だ。

『席替わって』とか簡単に言われちゃうし、校外学習の班を決めるときに人数があわなくて『別のグループに行ってよ』なんて、面と向かって言われたこともある。

わたしはみんなの中で、そういう存在なんだ……。

だからわたし、わかるよ。

クラス全員の前でこんなことになって、きっと小西くんはずかしかったよね？

小西くんとわたしは、こっち側の人間。

後ろの女子たちや、純太くんは……きっと向こう側の人。

『こっち』とか『向こう』とか、もう考えるのはよそうと思ってるのに、どうしても感じてしまう壁がある。

純太くんが学校に来てくれて本当にうれしかったけれど、それは同時に、そういうわたしを知られちゃうってことなんだ……。

ドキドキとときめいていた気持ちが、急速にしぼんでいく。

がっかり……されちゃうね。

「お前、名前なに?」
小西くんの後ろ姿に、純太くんが声をかけた。
「え、小西だけど……」
立ち止まって振り向き、驚いたようにつぶやく小西くん。
「サンキュ、小西」
って、純太くんは片手をあげた。
アッハ、と後ろのふたりが笑う。
「はい、小西パシられ決定~!」って。
そうして純太くんは、窓際の前から三番目の席をゲットしたんだ。
そういえば純太くん、二年生のときもいつも窓際の席だった。
窓の外をぼんやりながめていた姿を思い出す。
だけど今日の純太くんは、窓を背にして横向きに座り、教室中を見わたしていた。
あ。
ドキ……!
め、目があった。
純太くんが目をそらさないから、だんだんと顔が熱くなってくる。
無表情だった純太くんの顔が、フッとかすかにやわらいだ。

「キャッ！　い、今、矢代、笑ったよね。わたしたちのほう見て笑った？」

「うん。笑顔かっわいー！　キュンとした！」

後ろの女子たちが騒ぎだす。

えーと、わたしの後ろが御堂《みどう》さんで、その横が谷町《たにまち》さん。

「でもホントにわたしたちに笑いかけてくれたのかな？」

「そーに決まってない？　だってまわり、女はウチらだけだし」

え？

「しーっ。悪いよ。前に月島さん座ってるって」

「へ、月島さん？」

ないよ〜、という声が小さくなり、あとはしばらくひそやかな笑い声が続いた。

わたしと純太くんの組みあわせって、笑っちゃうほど、ありえないんだ……。

そう思うとはずかしくなってうつむいてしまい、純太くんに笑顔が返せなかった。


担任の前川先生が来てホームルームが始まる。

先生がチラッと純太くんのほうを見たのがわかった。

軽い挨拶のあと、保護者向けのプリントがいっぱい配られて、それから宿題の提出。

といっても今日出すのは例のプリント集だけ。

あとは各教科の初回の授業で集めることになっていた。

教卓の上に積まれたプリント集の中から、前川先生は一冊だけ選んでひっぱりだした。

それをパラパラとめくり目を通している。

それから先生は顔をあげて純太くんの席へ目をやった。

ふたりが目をあわせているのがわかる。

先生がニッと笑って、手で小さく『グッジョブ』のポーズをとる。

純太くんは照れくさいのか、プイッと窓の外に顔を向けた。

でも、その前に見えちゃった。

純太くんが一瞬だけ、いたずらっ子みたいに笑ったのが。

なんだか、すごく……幸せな気持ちになった。

そのあと講堂で始業式がとりおこなわれる。

式が終わり、ぞろぞろと教室へ戻る途中、純太くんを見つけた。

修吾くんたちと連れ立って歩いている。

てゆーか、五、六人でにぎやかにしゃべっている輪の中に、ひとり黙って混じっていた。

なんかちょっと不機嫌そう……。

「行こっ、青依」

一緒に歩いていた律ちゃんが、不意にわたしの手を取り、グイグイと進んでいく。

大勢の人をかき分けて、純太くんたちの真後ろまでひっぱってってくれた。

「帰りてぇ……」

純太くんがボソッと低くつぶやくのが聞こえた。

「お前、もー疲れたのかよ」

それを聞いたヤスくんがプハッと吹きだす。

「学校、まじダリィ……」

「ハハ、まだなにもしてねーだろーが」

そう言いながら、ヤスくんがホントにおかしそうに笑うから、純太くんまでつられて笑っちゃっている。

フフフ。そうして、クスクス笑いながら歩くふたりのあとをついていった。

「後ろ、いるよ」

ヤスくんが純太くんを突っつく。

え。

「あ」

振り向いた純太くんの顔が、少し照れくさそうに笑った。

「青依ちゃんだ」

「うん……」

おわ……。ドキドキする。

「帰り……一緒、帰る？」

なんてことを、純太くんはサラリと聞いた。

「え、え、え？」

一緒に帰るって、つまり、その、つきあってる人たちがやってる……あれ？

ラブラブですよって、みんなに公然と発表しちゃうような……あれ？

わ、わ、わたしにはちょっとハードルが高いような……。

「やだ？」

軽くパニクってたら、そう聞かれた。

「イ、イヤじゃないけど……」

なんでかな？

わたしの頭の中でグルグル回りだしたのは、自分がどうしたいかではなくて、みんなにどう思われるのかってことだった。

わたしなんかがそんなことをして、笑われるんじゃないかとか、バカにされるんじゃないかとか……。

後ろの席の御堂さんたちの笑い声が、耳に残っていた。

「はずかしいの？」

純太くんは、そんなわたしから目をそらさない。

「う、うん……」

小さくうなずく。

「オレさー、青依ちゃんとお手々つないで帰れると思ったから、学校来たんだけど」

「え……」

お、おて、お手々……？

ムリ！　絶対ムリ！　はずかしいよ……！

これはホントのわたしの心。

真っ赤になったわたしを見て、純太くんはクスッと笑った。

「ウソだよ。青依ちゃんは教室にいてくれるだけで、いーから」

そう言い残すと、また前を向いて歩きだす。

純太くん……。

「ブハッ、純太ってば、青依ちゃんにはそ〜んなやさしいの？」

まともにそう聞いたヤスくんは、純太くんに蹴られていた。

「も〜、一緒に帰ればいいのに」

横で律ちゃんが口をとがらせる。

「ム、ムリ。はずかしいもん」

「せっかく『わたしが彼女です』って公表《こうひょう》できるチャンスだったのに」

なんて律ちゃんは言った。

そ、それがムリ……。

だってわたしじゃ、みんな納得しないよ。

ふたりっきりだと平気だったくせに、手を重ねられてうれしかったくせに、人の目を気にすると、こんなにも弱虫だ……。

純太くんは平気なの？

わたしが彼女で、本当にいいの？

こんなわたしでも……？


翌日も純太くんはちゃんと登校してきた。

昨日と違って授業もあるし、時間も長くなるけど、大丈夫かな？

授業中そっと目をやると、窓の外ではなく、彼はぼんやりと黒板を見ていた。

頬づえをついて景色でもながめるように。

キレイな目。

髪が陽に透けている。

同じ教室にいるなんてウソみたいだ……。

休み時間になると、純太くんのまわりは仲間でにぎやかになった。

きっとみんな気になるんだろうな。

修吾くんが休み時間のたびに、彼の席まで行って話しかけるから、自然とそこに人が集まる。

ヤスくんも隣のクラスから、ちょいちょい顔を見せていた。

そんなに心配されているのにどこ吹く風で、純太くんはみんなの話を聞いているのか、いないのか……ひとりでマンガを読んでたりした。

マンガ、禁止なんだけどな、学校。


お昼休み。

教室のほぼ真ん中あたりのわたしの席で、律ちゃんとランチタイム。

窓際の純太くんのまわりにも友達が集まっていた。

と、純太くんが立ちあがり、スタスタと歩きだす。

手にはコンビニの袋。

純太くんは教卓の真ん前まで行くと、ひとりでお弁当を食べる小西くんに話しかけた。

「プリン食う？」

「えっ？」

「一個、お前にやろうと思って」

驚く小西くんにはかまわずに、純太くんは隣の席に腰を下ろした。

「朝これ買ったんだけど、オレさー、学校に冷蔵庫ないこと忘れてたんだよね。ぬるくなっちまったけど、ガマンして」

そう言いながら、袋からプリンをふたつ取りだして、トントンと机に置く。

「どっちがいい？　牛乳プリンと普通のプリン」なんて聞きながら。

「で、でも厳密に言うと、禁止じゃないかな？　プリンとか……」

戸惑ったように小西くんが答えるのが聞こえた。

「禁止？　プリンが？」

「お菓子は持ちこみ禁止だもん。きびしい先生だとうるさいから……」

「は？　平気平気。食後のデザートだ。弁当と一緒にフルーツとかもってくんだろ、あれと同じ」

「そうかな？」

「そーだよ」

小西くんってまじめなんだな。なんだか親近感がわいてくる。

「そんなに気になるんなら、さっさと食っちまえ」

純太くんはまったく気にせずにそう言うと、小西くんの机にプリンをひとつ、トンと置いた。

「そっちでいっか？」

「う、うん」

純太くんにもらった牛乳プリンを、小西くんはなんだか不思議そうにながめている。

当の純太くんは、袋からコンビニ弁当を取り出して……

あれ？　今日はそのままそこで食べるみたい。小西くんの隣の席で。


「小西」

そこへひとりの男子がやってきて言った。

「焼きそばパン買ってこいよ」

「え」

その子は斉藤《さいとう》くんといって、目立つほうではないけれど、弱い子には強いタイプ。

一学期はいつも小西くんをパシらせてたっけ。

「今学期もよろしく〜」

なんてうす笑いを浮かべ、小西くんの机にチャリチャリと小銭《こぜに》を置く。

「あとカレーパンとチョコクロワッサンな」

「は？　誰が食うパンだよ？」

そう言ったのは、小西くんの隣の席でお弁当を食べていた純太くんだった。

斉藤くんはその声に驚いたように顔を向ける。

「オレだけど？」

「なんで自分で行かねーの？」

「今日、体調悪いんだよね。小西とオレとは友達だし、たよったら悪いかな？」

斉藤くんはシレッとそう言った。

「友達なのか？」

純太くんは小西くんのほうを見る。

「え？　えっと、たぶん……」

小西くんは口ごもり、それから小さくうなずいた。

「こんな席にいきなり替わらせるやつより、よっぽど友達だ。なー、小西」

そう言って斉藤くんは、小西くんの頭をくしゃくしゃっと乱暴になでまわす。

純太くんはそんな斉藤くんをジーッと見あげると、「あ、そー」と言った。

それからすっくと席を立ち、机の上の小銭を集めだす。

それを手に、今度は窓際の席に向かって、スタスタと歩いていった。

「修吾、パン買ってきてよ。どこで買うのか、オレ忘れちまったし」

修吾くんの机に小銭を置きながら、純太くんはそう言った。

「はぁ？　純太、コンビニで買ってきたんじゃねーのかよ」

「いや、オレじゃなくてあいつが買ってこいってさ。えーと……」

それから純太くんは振り返り、教卓の前で立ちつくす斉藤くんに向かって大声で話しかけた。

「お前、名前なんだっけ？」

「え」

サーッと、斉藤くんの顔から血の気が引いていく。

「はぁ～？　斉藤、てめぇ修吾をパシらせる気か？」

修吾くんのまわりのケンカっ早い子たちが色めき立った。

次の瞬間、ダッシュで修吾くんのもとへ行き、斉藤くんは大あわてで小銭を回収する。

「ま、まさかオレ、北見くんに買いにいかそうなんて、お、思ってないから」

必死で言いわけをする斉藤くんに、修吾くんは間延《まの》びした声をだした。

「あーそー？　ならいーけど」

そうしてペコリとお辞儀をして、そそくさとその場を去ろうとする後ろ姿を呼び止める。

「斉藤……。小西はオレのツレだから、イジメたら、ただじゃおかねー」

「は、はいっ」

それから修吾くんは席についたまま、純太くんをチラッと見あげた。

『これでいーの？』と聞くみたいに。

ダーッとそのまま教室を飛びだした斉藤くんは、自分でパンを買いにいったのかもしれない。

「純太も、小西も、ここで一緒に食うぞ」

修吾くんはそのままふたりを呼びつけて、窓際の席でにぎやかなランチタイムとなった。

「災難《さいなん》だったなー、お前」

緊張気味で加わった小西くんを、みんなでねぎらう声。

「ったく、わがままなんだよ、コイツ」

「そーそー」

どうやら『災難』はさっきの斉藤くんとの件ではなくて、純太くんに強引《ごういん》に席をうばわれたことらしい。

「窓際じゃねーと酸欠《さんけつ》になんだよ、オレは」

純太くんはぜんぜん悪びれない。

「ほらほら、平気でウソつくだろ?」

「そーそー」

「っせー、バーカ」

フフ。みんなにやり玉にあげられても、純太くんはむしろ楽しそう。

なんか……笑ったりしてる。

「青依、見とれてる～」

教室に突然咲いたキラキラした笑顔に釘づけになっていたら、律ちゃんに言われちゃった。

「よかったね」

「うん」

ニッコリと、律ちゃんが笑った。

そして放課後――。

終礼《しゅうれい》が終わっていち早く席を立った純太くんは、後ろのほうを振り返り、声をあげた。

「修吾、今日から部活あんだろ？　先帰んぞ」

「おー」

一歩踏みだす前に、純太くんがこっちを見る。

ほんの一瞬、涼やかな視線がわたしに向かって投げかけられた。なにか聞きたげに。

あ……。

『一緒、帰る？』って昨日聞いてくれたこと、すごくうれしかったのに。

はずかしくてことわってしまって……。

もしかして、またさそってくれてるの？

で、でも、わたし、まだその覚悟ができてない。

あれ以来しゃべってなくて、ちゃんと説明もしていない。

自分の席で固まってしまったわたしから、スッと目をそらして、純太くんはまた歩きだした。
ゴ、ゴメンなさい……！
そのとき、教室にひとりの女子が飛びこんできた。

あ、あれは……小川翠さん。

「じゅ……純太ぁ？」

小川さんは終礼が終わったばっかの教室に入ってくるなり、純太くんを見て立ちつくした。

「出た」

オバケを見たみたいに純太くんはそう言ったけれど、顔はちょっと笑っている。

「う……」

小川さんはその笑顔を見て絶句《ぜっく》し、それからうつむいて、パッと両手で顔をおおった。

な、泣いてるの？

「そっかー、矢代って、翠ちゃんの好きな子だ？」

「でもイヤがられてんでしょ？　そー聞いたことがある」

後ろの席で御堂さんたちがささやく。

「うっぜ」

純太くんがボソッとつぶやくのが聞こえた。

それでも立ち去らずに、純太くんは小川さんの前で足をとめている。

「だ、だって……純太、フツーに学校来てんだもん」

小川さんが涙声でそう言った。

「あー」

「む、昔みたいに、笑ってんだもん」

「そー」

それから小さくため息をつくと、純太くんはこう言ったんだ。

「翠、一緒帰る？」

え……？

「へっ、いーの？」

小川さんがガバッと顔をあげる。

「いーけど、ヘンなカン違いすんなよ。オレ、彼女できたし」

純太くんはそう言うと、またスタスタと歩きだした。

「なーんだ、矢代って彼女もちかぁ」

「残念～」

後ろのふたりはがっかりしてたけど、小川さんは信じてくれたかな？

「またまた～」なんて笑いながら、純太くんのあとをついていく。

「でも彼女がいても、あんま関係ないらしいよ、矢代って」

御堂さんが声を低くした。

「え、どーゆー意味？」

「気が向いたらさそいにのるし、ふたまたとかフツーだって聞いたよ」

「へぇ～。案外、翠ちゃんともデキてたりして」

「下の名前呼びだったもんね」

う……。翠、って呼んだ純太くんの声がよみがえった。

「でもさ、彼女がいてもふたまたＯＫなら、逆にウチらにもチャンスありってことだよね？」

「え〜、わたしはパスかな。つきあっていても自分だけが本気だなんて、悲しすぎるっしょ」

「言えてる〜」

そんなことを話しながら、御堂さんたちは帰っていった。

……………。

なんか、席から立てない。

「大丈夫、青依？」

一緒に帰ろうとさそいにきてくれた律ちゃんが、眉をひそめる。

「小川さんと帰っていったよね、純太くん」

律ちゃんも気づいていた。

ってゆーか、クラスの子の大抵は気づいちゃったよね、今の。

「どーゆーつもりなんだろ？」

プリプリおこる律ちゃんを見て、修吾くんが声をかけてきた。

「純太は気まぐれだからさー、なんの意味もなく、あーゆーことすんだよ。……だから月島、気にすんなよ。ゴメンな」

なんて、やっぱ純太くんのお母さんしている。

「青依と一緒に帰れないからって、あてつけっぽくない？　ムカつくんだけど」

「あいつ、ガキなんだよな〜」

憤慨する律ちゃんに、修吾くんが困り顔になった。

「大丈夫、気にしてないよ。純太くん『彼女ができた』って言ってくれてたもん」

気づかってくれるふたりを前に、カラ元気をだしてみせる。

でも……。

純太くんはこれまでどんなふうに、女の子とつきあってきたんだろう？

わたしにしたのと同じように笑って、同じようにささやいて、同じようにキスをして。

それからもっと、もっと、深く触れあって……。

ホントにふたまたとか、アリなのかな？

純太くんにとって、女の子とつきあうって、どういうことなの……？

わたしのほうだけが、本気になっちゃったのかな……？

そんな疑問が、ずっと頭の中をかけめぐっていた。

『翠、一緒帰る？』と聞いた純太くんの声が、頭からはなれなかった。

そんな気持ちのまま、夜は塾。

しかも今日は実力テストだし。

ぐるぐるぐるぐる思いがめぐって、もやもやもやもや集中できなくて、テストはさんざんな結果だった……。


「月島さん」

塾の帰り、自転車置き場で名前を呼ばれた。

あ、藤沢くん。

メガネの奥のやさしい目。

「できた？　テスト」

「ぜんぜん！」

力いっぱい即答したら、藤沢くんはクスッと笑った。

「え、月島さん、謙遜かな？」

「じゃなくて、今日のはホントにできなかったの」

「キミにしてはめずらしいね」

並んだ自転車の列から、それぞれ自分のをひっぱりだす。

カチッと鍵を開けると、藤沢くんが言った。

「一緒に帰ろっか」

「え、あ、うん」

月のキレイな静かな夜。

ふたりで自転車を押しながら、並んで歩く夜道。

なんか不思議。

藤沢くんといるとおだやかな気持ちになれる。

少し考えてからしゃべる話し方も、落ち着いた雰囲気《ふんいき》も、わたしにはしっくりくるのかもしれない。

もしこうしてふたりで歩いているのを見て、誰かに誤解されたとしても、それはそれでかまわない。

『違うよ』ってあわてずに否定できるし、それを信じてもらえなくても『別にいいや』って思える。

それがなんで純太くんだとムリなのかなぁ？

こんなふうに一緒に帰るだけのことが、どうしてわたし、できないんだろう？

純太くんとのことを誰かに知られるのが『こわい』って思う。

『はずかしい』とも思う。

しかも誤解じゃないし、本当のことだから、もっとこわい。
『え〜、ぜんぜん似合わないよ〜』
『プ、なんであんな子と？』
言われるセリフは容易に想像できる。
ジロジロ見られて、笑われるに決まってる。
だけど……。
わたしに背を向けて小川さんと帰っていった純太くんの背中を思い出した。
信じられなくなったのは、純太くん？
それとも……わたしのほう？
『彼女になって』
とは言ってくれなかったけど、
『オレの彼女になる？』
って、純太くんは聞いてくれた。
わたし、ブンブンうなずいたもん。
わたしたち、つきあってるよね？
ふたりで一緒に過ごして、いっぱいキスをして……両想いだもんね？
なのにどうして、わたしはいつも自分に自信がもてないんだろう……？

このまま、誰かにとられちゃってもいいの？

「藤沢くん……」

「ん？」

「わ、わたしね、好きな人がいるの」

「えっ」

「もうつきあってるの」

「ええっ」

どちらからともなく足をとめた。

「返事は卒業してからって言われてたのに、ゴメンなさい！」

「あ、いや……」

藤沢くんの口もとから笑みが消えていく。

「そっか、ぜんぜん知らなかった」

キュッと唇をかんだ顔を見て、胸がしめつけられた。

こんなわたしを好きだと言ってくれたやさしい人だから……。

「さ、最近のことなの。でも、その人と一緒に帰ってるところを藤沢くんに見られる前に、自分から話しておきたかったから」

「そう……だね。いきなりそんなの見ちゃったら、かなりショックだ」

藤沢くんが一生懸命に平静をとりつくろってくれてるのが、伝わってくる。

「相手は同じクラスの人？」

「うん」

「そっか。話してくれて、ありがとう」

「ううん」

「あのとき……」

ポツンと、藤沢くんが言った。

「あのときもし、あんな中途半端な告白じゃなくて、ちゃんと返事を求めていたら、キミは受けてくれた？」

真剣な藤沢くんの顔を見あげながら、わたしはそっと首を横に振る。

「そのときにはもう、彼のことを好きになっちゃってたから」

「そっか……。それを聞いてあきらめがついたよ」

「ゴメンなさい」

ブンッと深く頭を下げた。

また歩きだしたわたしたちは、次の信号で帰る道が分かれる。

しばらくふたりで無言のまま歩いていて、別れ際に藤沢くんがわたしを呼んだ。

「月島さん」

「ん？」

「ゴメン。さっきはああ言ったけど、すぐにあきらめがつくような想いじゃないんだ」

「えっ？」

「しばらくキミに片想いしてるから、そのつもりで」

「そんな……。どうしてわたしなんかを……」

もったいなすぎるよ。

だけど藤沢くんは、それには答えずにこう言った。

「だから彼氏とダメになったら、いつでもオレのところへ来て。今度はもう卒業まで待ったりしないから。全力でキミを受け止めるから」

「藤沢くん……」

「キミが好きだ」

真っすぐな目をして、それだけ言うと、彼は自転車にまたがり、自分の道を走っていった。

ゴメンなさい……。

わたしは走り去る藤沢くんの後ろ姿をずっとずっと見送っていた。

翌日、わたしは覚悟《かくご》を決めて登校した。

もし今日の終礼のあと純太くんに誘われたら、迷わず一緒に帰ろうと。

そうしたら純太くんは笑ってくれるかな？

誰に悪口を言われても、その笑顔を手に入れたいと思った。

だけどね――。

あ……れ？

ぜんぜんこっちを見てくれないよ？

今日はなんだかちっとも目があわない。

昨日もおとといも、教室でちょくちょく目があって、ドキドキだったんだけど……。

終礼のあとも、純太くんはさっさと帰ってしまった。

今日は仲のいい男子たちと連れ立って。

そうしてそれは、次の日もその次の日も続いた。

一緒に帰るのを躊躇《ちゅうちょ》してしまったから、おこってるのかな？

って、ちょっと思ったけれど、それはないみたい。

ツンケンするでもなく、前みたいに不機嫌そうとゆーのでもなく、純太くんはとっても自然にクラスになじんでいった。

そう、まるでわたしのことなんか、忘れてしまったように……。

「ねぇねぇ、矢代くんって、ちょっとカッコいいよね」

「うん！　もっとこわい子かと思ってた」

「この前なんか、ペンを落としたら矢代くんが拾ってくれてさ〜。お礼言ったらニコッと笑ってくれたんだ」

御堂さんたちだけじゃなくて、クラスの女子の間で純太くんの人気は急上昇中だった。

純太くんってふだんは無表情なくせに、ときどきパッと笑顔が咲いて、胸がドキッとひきつけられる。

たぶんみんなも、きっとそう……。

わたしは二年生のときしか知らないけど、こんな明るい感じの純太くんを、学校で見たことはなかったな。

もう、うだうだ考えないで、しっかり〝純太くんの彼女〟するって、心に決めたはずなのに。

目があわなければ、自分から話しかけることすらできなくなるなんて、いつもながら自分の弱さにがっかりする。

一緒に帰るのをことわったってことは、イコール、つきあっていることを他人に知られたくないと思っていたことがバレバレで……。

そのせいで、純太くんはもう学校では話しかけてくれないのかもしれない。

誰だって気を悪くしちゃうよね？

それとももうわたしには、興味なくなっちゃったのかな……？

もう……キライになった？

純太くんと目があわないだけで、純太くんに声をかけられないだけで、わたしは迷子になったみたいにオロオロしていた。

新学期が始まったばかりの教室で、ひとり置いてきぼりを食らったように、さみしかった——。

変化

Ｓｉｄｅ．純太

新学期
頬を赤くして固まったあの子。
その存在だけで、オレは
全部変われる気がしたんだ——。

始業式の翌日——オレは小川翠と一緒に帰った。

「ね！　純太とこうして並んで歩くのって、小学校のとき以来だよね」

夏休みが終わったって、まだ夏だ。

空には太陽がギラギラしている。

隣を歩く翠の声が、楽しそうにはずんでいた。

「カン違いすんなよ。オレさー、お前に話あんだよね」

明るい日差しがまぶしくて、こんな時間にこんなふうに歩いてる自分が、まだ信じらんない。

まわりにワサワサといる下校中の制服の中で、オレだけがニセモノみたいな気がして仕方なかった。

「お前さー、オレが女とつきあうと、いつもその子呼びだしてシメてんだろ」

オレがそーゆーと、翠は気まずそうな顔をした。

「だって……。あの子たち純太のこと、ちっともわかってないんだもん。彼女のくせに純太の悲しいこととか、つらい気持ちとか、なにも見えてないから」

そう言ってうつむいた翠は、かなりめんどくさいやつだ。

まー、修吾みたいなもんだな。

「別にオレがいいなら、お前には関係ねーだろーが」

「だって、ムカつく……」

翠は唇をキュッとかんで、涙ぐんだ。

訂正。修吾よりもコイツのほうが断然めんどくせー。

「けどまー、これからはそーゆーこと、もうやめてくんない？」

足をとめて、オレは言った。

「さっき言ったけど、オレ彼女できたから」

続いて足をとめた翠が、顔をあげてオレを見る。

「それ……ホントなの？」

「うん」

あー、絶対泣く。

だから言いたくはなかったんだ。

でも、言わなきゃなんのためにこーして一緒に帰ってきたんだか、わかんねーもんな。

案《あん》の定《じょう》、翠の目からは涙がドバッとあふれでてきて、オレはそれを見ながら、しばらく呆然と突っ立っていた。

「ごめんな」

やっと泣きやんだ翠にそう言うと、翠の口がへの字になる。

「バカ……」

とふるえた声で言いながら、オレの顔を真っすぐに見あげた。

「純太が学校へ来たのも、笑ってんのも、わたしをさそってこうして向きあってくれたのも……、全部、その子のおかげ？」

「え？」

「その子が、純太を変えたの……？」

「あー、かも」

「だったら、もう……認めないわけにいかないじゃん」

大きくため息をつくと、翠はまた少し泣いた。

「で、誰なのよ、その彼女って」

それから急に元気を取り戻す。

む……。言っても大丈夫か、コイツ。

青依ちゃんのことシメたりしないよな？

「あ！　前に純太んちで会ったまじめそうな子か」

「……イジメんなよ」

「そっか、なるほど、あの子ね」

「おい、聞いてんのか？　イジメんなよ」

もっかい念を押したら「わかったってば」とにらまれた。

「初めてだよね、あんたがそんなこと言いにきたの」

翠はポツッとつぶやく。

「今度はマジってこと?」

「まぁ……そーなる」

「いいなぁ、純太にそんなふうに思われて、その子がうらやましい」

「イジメんなよ」

くり返し警告したら「しつこいよ!」ってキレられた。

「だってお前、こえーもん」

青依ちゃん、すぐに泣いちまうからな。

「バカね。あーゆー子のほうが実は強いんだから」

「いやいやいやいや、お前、相当こえーぞ? わかってねーのか?」

そう言ったら、バシッと背中を叩かれた。

「イッテーッ」

「ふん。バーカ」

「ブハッ、ひっさびさだな〜、その怪力《かいりき》」

こーゆー言いあいもホントひさしぶり。

小学生のころはいつもこうしてやりあってたっけ。

それが中学に入ったとたんに、突然恋愛モードになって告ってくるんだから、意味がわかんねー。

いや、突然じゃなかったか。

兄貴の事故があって変わっちまったオレを、こいつはずっとなんとかしようとしてたみたいだったから。

よけいなおせっかいばっかされて、オレとしてはかなり迷惑だったけど。

「なんで一緒に帰んないのよ、その彼女さんと」

翠が口をとがらせた。

「はずかしがり屋なんだよ、あの子は。オレとつきあってること自体知られたくないかもしんねーから、誰にも言うなよ」

「ふ～ん。純太は、いーの？　そんなんで」

「いーよ。ぜんぜん」

青依ちゃんがいいなら、オレはなんでもいーんだ。

教室で会えるんなら、それでいい。

それからオレらは昔話をしながら帰った。

「修吾ってさー、小学生のころはクラスで一番カッコよかったのにね」

なんて翠が言う。

「修吾？　なにその残念そうな口ぶりは？」

「だってあんなゴリラみたいに育つとは思わなかったもん」

「ブッハ、たしかに」

ふたりでゲラゲラ笑った。

あっというまに、分かれ道にさしかかる。

「じゃーね」

「おー」

軽く手をあげて歩きかけ、それから足をとめて振り返った。

向こうも立ち止まったまま、こっちを見ている。

「ありがとな、今まで」

「え？」

「もう大丈夫だから、オレ」

オレがそう言うと、翠はなんだか観念したように、笑った。


夕方、家でゴロゴロしてたら、修吾から電話があった。

夜、彼女を迎えに塾へ行くから、一緒に来ないかってさそわれた。

塾終わりの彼女を迎えにいって、家まで送ってやるんだってさ。

学校じゃゆっくり話もできないし、部活があって一緒に帰れないから、修吾は毎晩そうして、ふたりの時間を作ってるらしい。

キモ……。

いや、ヤスとかほかのやつらだったらなんとも思わねーんだけど。

オレはどーも、恋愛モードの修吾がとくに苦手なようだ。

こっちがはずかしくなる。

「ヤダよ。お前とふたりでいそいそと女のコ待ってるなんて、その〝間〟がイヤだ。キモすぎる」

その返答はスルーして、修吾は塾の終わる時間と場所を細かく説明してきた。

自分がどこらへんで彼女を待ってるかまで。

「まー、気が向いたら来いや」だと。行かねーってば。


とは言ったものの、電話を切ってしばらくすると、やたら気になりだす。

時計ばっか見たりして。

修吾には会いたかねーけど、青依ちゃんには会いたいもんなぁ。

学校だとみんなに見られてイヤかもしんねーけど、夜ならいーんじゃね？

知ってるやつも少ないし、はずかしがり屋の青依ちゃんも気楽に並んで歩けるかも。

なーんて、その気になってくる。

くそ、修吾の思うツボかと思うと腹立たしいが、あいつにバレないようにのぞきにいこっかな。

青依ちゃんがひとりになったら、話しかけよう。

あの子のびっくりした顔を思い浮かべると、なんだかスゲーいーことを思いついた気がして、オレはいそいそと出かけることにした。

プ。かっわいー、オレ。


そうして塾が終わるころ、公園のベンチに座って、オレは青依ちゃんを待っていた。

修吾はオレに見られてるとも知らねーで、公園の入り口の木陰《こかげ》に突っ立っている。

そこで彼女と待ちあわせらしい。

おー、かなりストーカーっぽいぞ。

いや、オレもか。

しばらくして授業が終わり、修吾の彼女が飛ぶように出てきて、やつのもとへとかけよった。

プッ、めっちゃうれしーくせに、修吾はなんだか渋めにカッコつけて歩きだす。

ブッハ、いっちょ前に手なんかつないじゃってるじゃん。

心の中で大爆笑。

そして、塾終わりの人がまばらになるころ、建物から青依ちゃんがでてきた。

あ。
チャリ置き場で男に話しかけられている。
ん？
あれは……孝也、か？
ちょうど街灯がふたりの様子を照らしていた。
暗闇に仲睦《むつ》まじい様子がぽっかりと浮かびあがる。
狭い道路をはさんだこっちからも、その表情がよくわかった。
孝也はやさしく、熱く、そして真っすぐに青依ちゃんを見つめていた。
幼なじみだからな。わかるよ、オレ……。
夏祭りの夜、孝也が話してくれた片想いの相手は、きっと青依ちゃんだ。
そう直感した。
ふたりは自転車を押しながら、並んで帰っていく。
オレと帰るのはイヤがるくせに、孝也とは平気なんだ……。
そんな思いが頭をかすめる。
そんで、思わずあとをつけている自分にひいた。
これじゃー本物のストーカーだ。
だけど……。孝也の横にいる青依ちゃんは、オレの知らない女の子のようだった。

孝也とは、スゲー似合ってる。

ベストカップルだ。

そんなにしゃべってるふうには見えないが、お互いに信頼しあっている空気が伝わってくる。

受験が終わってからとか言ってたけど、孝也はもうあの子に告ったんだろーか？

だとしたら、青依ちゃんはなんて答えた……？

別れ際、別の道を行く孝也の後ろ姿を、青依ちゃんはずっと見送っていた。

あいつが見えなくなるまで、ずっとずっとずっと……。

「だろーね」

たたずんだままの青依ちゃんから目をそらし、オレは回れ右をして家へ帰った。

見えない気持ち

Side. 青依

貴方の心が見えなくて
わたしの気持ちが行き場を失っていく。

「青依～、先にお風呂《ふろ》入ってよ」

お母さんがさけぶ。

「は～い」

塾から帰って、少し休んでからお風呂に入った。

それから二階の自分の部屋へ行って、机に向かう。

それが日課。

宿題だけはちゃんとやることにしているんだけど、このごろはあんまり集中できてないな。

純太くんのことばっか考えている。

教室で目があわなくなってから、さらに数日、やっぱり純太くんとは目もあわないままに過ごしていた。

むしろさけられていると考えるほうが、自然なの？

どうして……？

純太くんの本当の気持ちが聞きたくて、今夜こそは電話をかけようって、毎晩思うんだけど、勇気がでない。

もう十一時を過ぎているから、スマホじゃない家の電話にかけるには、非常識な時間だよね。

それを理由に今夜ももち越し。これが最近の日課。

ブィーン、ブィーン、……。

と、そのとき机の上のスマホがふるえだした。

ディスプレイを見てドキッとする。

う、うわっ、純太くんからだ……！

「は、はい」

「青依ちゃん？」

うわずった声で電話に出ると、純太くんの声が耳にひびいた。

「会えない？」

ふだんどおりの声。

「えっ」

「今から迎えにいってもいい？」

「い、今から？」

こんな遅い時間に出かけるなんて、うちではありえない事態だ。

「話したいことがあるんだ」

ポツッとつぶやくように純太くんが言った。

「う、うん、わかった。どこに行ったらいい？」

ありえない事態だけど、純太くんの声がなんだか深刻そうに聞こえてきて、思わずそう答えていた。

「迎えにいくから、家の前で待ってて」

えー、そ、それはマズイかも。

お父さんがまだ帰ってないから、鉢あわせするおそれがある。

「んじゃ、あとで」

そう思ったのに、純太くんはもう電話を切ってしまった。

い、今から家を出るってことかな？

お母さんになんて言おう……。

こんな時間から外へ出かけるなんて、きっと許してくれない。

いっそ見つからないように、黙って家を抜けだしちゃおうか？

と、とにかく、着替えよう。早くしないと純太くんが来ちゃう。

二階の自分の部屋を出て、そっと階段を降りた。

音を立てないように、静かに、静かに。降りたら、すぐそこが玄関だから。

そーっとクツを履き、そーっとドアを開け、そーっと門を開いて表へでた。

お父さんが帰ってくると困るから、家の前では待たずに、純太くんが来るはずの方向へと歩きだす。

『話』ってなに？

こんな時間に、わざわざ呼びだしてまで……。

「あ、純太くん……？」

少し先のほうで、暗闇から街灯の下へ、ひょっこりと人が現れた。

「あれ？　迎えにきてくれたんだ？」

人なつっこい笑顔が近づいてくる。

「う、うん」

あんまりいつもどおりの純太くんだから、拍子抜けしてポケッとしてしまった。

「時間、大丈夫？」

目の前に来た純太くんが、わたしの目を見つめる。

「う、うん」

澄んだ瞳に吸いこまれるように、うなずいてしまった。

まるで催眠術にかかったみたいに。

こんな時間に家を出るなんて、我が家ではありえないことだって、言いそびれた。

黙って抜けだしてきたこと、早く帰んなきゃいけないこと、言わなきゃいけないはずなのに……。

スッと、純太くんの手がわたしの手を包みこむ。

そうして彼はその手をひいて歩きだした。

「えっと……、どこ行くの？」

「…………」

聞こえなかったのかな？　純太くんはなにも答えない。

「どこ行くの？」

もう一度聞いたら、彼はこっちを見ずにつぶやいた。

「ひとりじゃ……行けねーとこ」

「ひとりじゃ行けないところ？」

「うん。青依ちゃん、ついてきてくれる？」

やっぱ前を向いたまま、純太くんは言った。

「う……ん」

戸惑いながらうなずいて、手をひかれたまま国道沿いにでる。

「あの……、話って？」

「え」

「話したいことがあるって」

黙ったままの純太くんを見あげて聞いた。

「あー、ついてから話す」

「……遠いの？」

「いや」

そう言われると、もうなにも聞けなくなった。

こんな遅い時間なのに、広い道路を自動車が何台も行き交う。

やだな……。誰かに見られそう。

ふだんは電車通勤のお父さんも、帰りが遅くなるとタクシーでこの道を通るから。

家を抜けだしたこと、お母さんにバレてないかな……？

隣を見あげると、純太くんはいつもと変わりなく平然と歩いていた。

こんな時間に出歩くことは、純太くんにはただの日常なのかもしれない。

前の彼女とも、こんな時間に会ったりしてたの？

自動車が通るたびに、ヘッドライトがわたしたちを照らしていく。

闇に浮かぶふたりの姿は、車の中からはどんなふうに見えるんだろう？

ライトで照らされるたびに、身の縮む思いがして、思わず顔を伏せながら歩いた。

国道は大きなカーブを描いていく。

えっ？

そのカーブにさしかかったとき、目の前の闇に浮かびあがったのは、ライトアップされたラブホテルの看板だった。

ま、まさか、違うよね？

こんなとこ行かないよね、純太くん？

『ひとりじゃ行けねーとこ』ってつぶやいた純太くんの声がよみがえる。

そ、そーゆー意味じゃないよね？

涙がじわっと浮かんできて、目の奥と喉《のど》の奥がカーッと熱くなった。

ム、ムリだよ、わたし。絶対にムリ……。

そう思ったとき、純太くんの手がスルリと、わたしの手をはなした。

「飲む？」と聞いて、純太くんは道端《みちばた》の自販機のほうへと歩いていく。

お金を入れてボタンを押し、自分の分の缶コーラを取りだしてから、純太くんが振り返った。

「飲む？」

もう一回聞かれた。

「う、ううん」

急いで首を横に振る。

なにも喉に通らないよ。

コーラをプシュッと開けながら、純太くんが戻ってくる。

ど、ど、どうしよう……。

「青依ちゃん……」

純太くんの手が伸びてきて、再びわたしの手を取ろうとしたとき、触れた指先を思わずひっこめてしまった。

「えっ」

純太くんは驚いたように、わたしを見る。

「ど、どこ行くの？」

すがるような気持ちで問いかける。

「……ここ」

純太くんはそう言うと、ちょっと気まずそうに視線を落とした。

ここって……。

ここには道路とガードレールと自販機と……ラブホテルしかないよ？

「わ、わ、わたし、帰んなきゃ」

そんな言葉しか思いつかなかった。

「ホントは黙って家を出てきたの……。早く帰らないとお母さんが心配してる。きっとおこられる」

言い訳するみたいにまくしたてながら、泣きだしてしまいそうだった。

だって、わたしだけ子どもみたいだ。

純太くんの今までの彼女は、こんな時間でも平気だったの？

こうしてこんなふうに、ホテルとか行ったの？

ちゅ、中学生なのに？　それとも年上の人？

これが純太くんの『普通』なら、わたしはもうついていってはいけない。

純太くんとわたしでは『つきあう』って意味が、違いすぎる。

ずっと知らんぷりしてたくせに、急に夜中に呼びだして、こんなところへ連れてきて……。

わたし、純太くんの気持ちがわかんないよ。

「そっか……。時間遅すぎんのな」

純太くんはそうつぶやくと、コーラの缶をガードレールの下に置いた。

「ゴメン、すぐ帰るから」

そう言った純太くんの腕がこっちに伸びてきて、わたしを抱きよせようとする。

「か、帰る」

身をひるがえして帰ろうとしたけれど、彼の手に簡単につかまってしまった。

「ちょっとだけ、聞いて。すぐ終わるから」

腕を振って逃れようとしても、今日の純太くんは強い力で、わたしの両肩をガシッと押さえる。

もう身動きが取れなくて、わたしはただ首を振りイヤイヤをし続けた。

「なんでイヤがんの？」

「や……」

強引に唇をうばわれた。

いつもよりも激しいキス。

純太くんの舌が無理やり口の中に押し入ってくる。

そんなわたしたちを、自動車のライトが次々と照らしていった。

スポットライトを浴びているかのように、目を閉じていてもまぶたの奥が赤くなる。

やだよ、純太くん。どうして……?

通る車の中にはお父さんの乗っているタクシーが混ざっているかもしれない。

知りあいがいるかもしれない。

ううん。知らない人にだって、イヤだよ。

こんなふうにキスされているところ、誰にも見られたくはない。

純太くんの唇がはなれ、腕の力が少し弱まったとき、わたしは身をよじって体をはなした。

「も……もう、帰りたい!」

涙がボロボロこぼれてくる。

「話があるっていうから来たの。ずっとしゃべれなかったから……さそってくれてうれしかった。深刻な話かもってこわかったけど、でも話がしたかったの。なのに無理やりこんなの……ひどい……よ」

「話なら、あっから」

純太くんはそう言ったけど、わたしは首を横に振った。

「話なら、こんなとこに来なくたってできるよね？」

「こんなとこ？」

涙を拭ってうなずくわたしを、彼は黙ってながめていた。

「ハ……」

かすれた息をつくと、純太くんは背中を向けて、来た道を歩きだす。

「か、帰るの？」

その背中に追いついて、並んで歩く。

「帰りたいんだろ？」

突き放すようにそう言われた。

気まずくて、なにも答えらんない。

……おこらせちゃったんだよね？

さっきまで人目ばっか気にしてたくせに、今はもうはなれた手がさびしかった。

「なに泣いてんの？」

あきれるように放たれる言葉。

自分でことわっといて、涙がいつまでもとまらない……。

純太くんにも意味わかんないよね？

グシッと涙を拭いながら見あげると、やわらかな笑顔はどこにもなかった。

「じゅ、純太くんとわたしは、ぜんぜん……違うね」

声がふるえていた。

「純太くんの当たり前がわたしには当たり前じゃなくて、わたしの当たり前が純太くんにはそうじゃなくって……」

「だから？」

また突き放される。

「く、苦しいの。純太くんを好きでいるのは、……苦しいよ」

気持ちが、そのまま言葉になってこぼれた。

純太くんが好き。純太くんに好かれたい。

そう思えば思うほど苦しいよ……。

「思ってたのと違った？」

純太くんは他人事みたいにそう聞いた。

「オレとつきあったら、もっと楽しいと思ってた？」

そう……だね。

涙を拭いながら、小さくうなずいた。

夏休みの終わりがものすごく楽しかったから……あんな日が続くと思ってたんだ。

カレーを作ってもらったり、一緒に勉強がんばったり、純太くんはやさしくて、かわいくて、いっぱい笑ってくれて……。
そんなふうにつきあっていけると思ってたんだ。
あれからちょっとしかたってないのに、今はこんなにも自信がない。
わたしの思うところに純太くんはいなくて、
純太くんの思うところに、わたしはいない。
不安で、わかんないことだらけで、自己嫌悪《じこけんお》ばっかで、苦しくて、悲しい。
想いだけがつのって、心の中を埋めつくす。
月のない晩。
ふたりはもうなにも話さずに、ただ黙って歩いた。
わたしはきっと、純太くんをがっかりさせたんだ……。
なにもわからないくせに、それだけはわかるよ。
「じゃー、孝也にすれば？」
別れ際に純太くんはそう言った。
「え？」
「藤沢孝也……。仲いーんだろ？」
なにを言われてるのかわからない。

「じゃーな」
長い沈黙のあと、純太くんの唇がゆっくりと動き、たぶん、わたしにとっての〝この世の終わり〟を告げた。

家に戻ると、お母さんはお風呂に入っているところだった。
お父さんはまだ帰ってないみたい。
そのまま自分の部屋へあがり、ベッドに入り、布団にもぐる。
もう、やだ……。
『じゃーな』
静かに言った声。伏せたまつ毛。
ニコリともせずに、スッと離れていった視線。
純太くんのあれは、きっと別れの言葉だった。
彼の透きとおった瞳に、もうわたしがうつることはないんだ……。
そう思うとめちゃくちゃ悲しかった。
でも……
結局、純太くんとわたしじゃあムリだよね？
純太くんにとって、わたしは『じゃーな』で終われる子なんだもん。

わたしだって、純太くんについてホテルへ行くことはできなかったじゃない。

仕方ないよ……。

わたしたちは違いすぎる。

そう思うのに、なんでこんなに涙がとまらないの？

自分の気持ちまでわかんなくなって、布団の中でいつまでも泣いていた。


翌日――。

鉛《なまり》のような重い足取りで学校へ行く。

教室に入ると、クラスメイトがいっせいにこっちを向いた気がした。

「おはよう、月島さん」

席につこうとしたら、後ろの席の御堂さんから声をかけられる。

なんだか待ちかまえていたみたいに。

「あ、おはよう」

あいさつを返すと、御堂さんは手にしたスマホを、なぜかこっちに向けてきた。

スマホは学校へは持ちこみ禁止だから、ふだんはあんまりだしたりしないんだけど。

「ね、見てよ、これ」

差しだされたスマホの画面は暗くて、夜の道路沿いの風景がうつしだされていた。

あっ。こ、これ……。

ドキン、と心臓がはねる。

「矢代だよね、これ」

そこにうつっていたのは、夜の闇の中に照らしだされた、純太くんとわたしのキスシーンだった。

「昨夜遅くに、隣のクラスの男子がＳＮＳにアップしたらしいよ」

御堂さんの言葉に、頭の中が真っ白になる。

「家族の車で出かけた帰りに、偶然通りがかったんだってさ」

「そ……う」

「路上で人目も気にせずイチャついてるカップルを見つけて、いたずらで激写したら知ってるやつだったたって話」

御堂さんがうすく笑った。

「矢代の顔ははっきりうつってんだけど、女のほうがね〜」

そう言いながら、御堂さんはスマホの画像を指で拡大させていく。

息がつまって声が出ない。

「ほら、自動車のライトが反射して白くなっちゃってるでしょ？　だから誰だか、よくわかんなくて……」

たしかにわたしの顔だけ白く光って、判別不明になっていた。

御堂さんの目線が手もとを離れ、わたしの顔をチラッと見た。

「これ、月島さん？」

まともに、そう聞かれる。

「えっ、あっ、ま、まさか」

思わずそう答えていた。

「だよね～」

御堂さんは隣の谷町さんと目を見あわせる。

「誰かが『月島さんに似てる』って言いだして、そう言われると髪型もスタイルもそっくりだねって話してたんだけど……」

「いやいや、月島さんがラブホなんか行くわけないっしょ」

横から谷町さんがそうかぶせてきた。

ラブホ……。

確認すると、画面の端に、ラブホテルの入り口の電飾がしっかりとうつりこんでいる。

「あの子、矢代くんに遊ばれてんじゃない？」

そのとき、教室のどこかから声がした。

「しっ、聞こえちゃうよ」

「だって、そうでもなけりゃ矢代くんと月島さんの組みあわせなんてありえないし」

「そりゃそーだけど」

わざと聞こえるように言われてるのかもしれない。

言葉のトゲが胸に刺さる。

「ち、違うから。わたしじゃないから」

とりあえず御堂さんたちにはそう言って、話を終えた。

だけど声はふるえているし、顔は……真っ赤だ、たぶん。

「青依、大丈夫?」

律ちゃんが席まで来て声をかけてくれたけど、わたしはうつむいたまま返事をした。

「うん。だいじょぶ」

だって、今、律ちゃんの顔を見たら、絶対に泣いてしまう。

「あとでゆっくり聞くからね」

律ちゃんはわたしの肩に手を置き、耳もとでそうささやくと、自分の席へ戻っていった。

「や〜だ〜、矢代くんってやっぱ女好きなんだ?」

「でも月島さんはないよね。いくら誰でもいいからってさー」

もう耳をふさいでしまいたかった。

そんなざわめきがシーンと静まり返ったのは、純太くんが教室に姿を現したから。

今朝は修吾くんと一緒になったのか、ふたりして登校してきた。

なにも知らない純太くんは、真っすぐに自分の席まで歩いていく。

クラスのみんなはそれを遠巻きにながめるだけで、誰も昨夜のことを問いただしたりはしなかった。

そのあと、すぐに担任の前川先生がやってきて、いつもどおりホームルームが始まる。

「矢代、ちょっと」

ホームルームのあと、先生が純太くんを呼んだ。

呼んだ割に自分のほうが純太くんの席まで歩いていって、スマホをスイッと机の上にすべらせた。

「これ、お前か？」

純太くんはイスに座ったまま、それを手に取りじっとながめる。

「ブ、なにこれ？」

「それはこっちのセリフだ。朝からスマホ見て騒いでる生徒がいたから、没収《ぼっしゅう》して話聞いたんだけどな。これはどー見たってお前だよなぁ？」

「あー、まー」

「相手の子は？　このクラスの女子だって話もあるんだが、」

みんながその会話に耳をそばだてている。

心臓がドクドクと音を立てていた。

どうしよう……。

「はぁ？　高校生だよ。二コ上の女」

スラッと、純太くんは答えた。

「つきあってんのか？」

「別に。オレ、めんどーだから特定の女なんて作んない主義《しゅぎ》だし」

スマホの画面に視線を落としたまま、純太くんは言う。

「こら！　深夜徘徊《しんやはいかい》も不純異性交遊《ふじゅんいせいこうゆう》も禁止だ、バカ」

先生がゆるくゴチンって、純太くんの頭にげんこつを落とした。

「あのさー、この写真って、学校じゅうのやつらが見ちゃってんの？」

純太くんはスマホを先生に突き返しながら聞く。

「ん～、たぶんな」

「誰だよ、撮ったやつ」

「さぁ、それは知らんが」

「お前、知ってる?」

突然隣の席の子に純太くんは聞いた。

「さ、さあ」

その子も首を横に振る。

「そいつに殺すっつっといて」

純太くんはもう一度前川先生を見あげてそう言うと、プイッと窓の外に顔を向けた。

そうして今日は一日中、不機嫌オーラ全開で、休み時間になると窓を背に腕を組み、威嚇《いかく》するように教室全体を見渡していた。

純太くんがキレると相当ヤバいってウワサが、まことしやかにささやかれ、もう誰もあの写真の件を話題にしたりしなくなった。

ラストシーン

Side. 純太

昨夜、あの場所から家まで帰る間中《あいだじゅう》、あの子はずっと泣いていた。
スゲー悲しい顔をして。
だからオレ……。

今朝学校に来たら、あの子が自分の席で下向いて固まってんのが、視界のすみにうつった。
昨夜のこと、まだひきずってんのかなと思ったけど、話はそーゆーことではなかったらしい……。

あんな写真を撮られたのは、オレのせいだ。

あの子はイヤがってたのに、オレが無理やりキスをした。

キスなんかするつもりじゃーなかったんだけどな。

話をしようと抱きよせたら、なんかマジでこばまれて、ムキになった。

はずかしがってではなくて、あの子に本気でイヤがられたのはたぶん初めてで……、
一瞬頭に血がのぼった。オレって、バカじゃない？

孝也のことがあったから、もうダメだろって半分あきらめてたくせにな。

最後にもう一度ちゃんと話をして、気持ち伝えて、それでダメならあきらめようと思ってた。

あの子が孝也を選ぶなら仕方ねーって……。

それが実際あの子に拒絶されると、はなしたくねーって本気であせった。

誰にもわたさねーぞって熱くなって、体が勝手に反応して、無理やり唇をうばっていた。

何回見たっけ？　青依ちゃんの泣き顔……。

結局オレ、泣かせてばっかだったよな。

青依ちゃんは泣くとき、まず眉が八の字になって、ガマンしてんのか唇をきゅっと

かむ。

そんで、ウルウルと目にたまってた涙が、突然ハラハラと音もなくあふれだすんだ。

初めてキスをしたときも泣いてたっけ、あの子……。

青依ちゃんはいつもすぐ泣いちまうけど、なんで泣くのか、おれはイマイチわかってないんだ。

だけど昨夜のはわかるよ……。

自分勝手に連れ回して、無理やりあんなことして、やだったよな？

家につくまで青依ちゃんは、しくしくとずっと泣いていて、それがスゲー悲しそうで、なんかつーかオレ、スゲー……あの子がかわいそうになった。

アッハ、自分が泣かしといて、おこられっけど。

うん。

孝也ならピッタリだ。

もうあの子は、あんな悲しい顔して泣くことはなくなる。

孝也はやさしいやつだからな。

教室の窓の外に広がる空をながめながら、オレはずっとそんなことを考えていた。


「純太ー、帰んぞー」

終礼が終わると、ヤスが迎えにきて、教室の入り口で大声で呼んだ。

カバンをひっさげ、のそのそと廊下へでる。

「っせーよ」

ムスッと言うと、ヤスがプッと笑った。

「機嫌悪っ」

ムシして歩きだすと、ヤスも歩調をあわせて横を歩く。

「だから無責任なことすんなっつったのにさ～」

しばらく黙って歩いてると、ヤスが間延びした声をだした。

「っせーから」

あの写真の話はしたくねー。

そーゆーオーラが出てるからか、休み時間に誰もその件には触れてこなかった。

だから、今ヤスに言われるのが初めて。

「青依ちゃんになんか言ってやったの？」

「しゃべってねーし」

「そっか、あのキスの相手が青依ちゃんだってこと、内緒《ないしょ》にしてんだもんな？　話しかけたりできねーか」

「あー」

違うクラスのヤスが知ってるってことは、やっぱ学校のやつらは、みんなあの写真見ちゃってんだな……。

真っ赤になってうつむいていたあの子の姿を思い出す。

「ゴメンって電話してやんなよ」

「いーよ、もう」

ヤスの言葉に気のない返事をした。

「なんで?」

「もー終わったから」

ゆっくりと、自分に言い聞かせる。

「は?　なに言ってんだよ。キスしてたじゃん」

「あれは無理やり」

「え?」

「終わった」

もう一度そう言った。

「なんだよ、それ。別れたってこと?」

ヤスの声色《こわいろ》が少し変わる。

「まーな」

「フッたの？　フラれたの？」

「つーか、泣かせてばっかだし、オレ。ほかの男選んだほーが幸せだろって話」

「だから、そう言われたってこと？」

「いや。でも、きっとそーなる」

「なんだ、それ？　想像？」

ヤスがキョトンとした顔で聞いてきた。

「ちげーよ。いるんだよ、そーゆーやつが。やさしくて誠実で頭よくて、青依ちゃんのこと想ってるやつが」

「そっちがいいって言われたのか？」

熱くなっていくオレの言葉を、ヤスは冷静に整理していく。

「もー帰りたいって、泣いたんだよ。オレといるのは苦しいって。青依ちゃんの当たり前と、オレの当たり前はぜんぜん違うって……。スゲー悲しそうに、あの子は泣いたんだ」

オレがボソボソと白状すると、ヤスはヘラッと笑った。

「そりゃラブホに連れこまれそうになったら、翔子だってそーゆーよ」

「は？」

「それとも、もー連れこんじゃったのか？」

ヤスがわけわかんないことを言う。

「え？　行ったんだろ、ホテル」

「はぁ？　行くかよ、バカ」

オレが怒ると、今度はヤスがポカンと口を開けた。

それからズボンのポケットに手を突っこみ、スマホを取りだして指で操作する。

「ほら、これ」

ヤスの手の中のスマホの画面には、昨夜のオレと青依ちゃんがうつっていて、その後ろにラブホテルの入り口を彩《いろど》る電飾《でんしょく》の看板が光っていた。

「マジか……」

「じゃー純太、ホテルがあるって知らずに歩いてたのかよ」

無言でうなずくと、ヤスがブハッと笑いだした。

「きっと青依ちゃん誤解してんぞ。今すぐ戻って弁明してこい。まだそこらへん歩いてんじゃね？」

バカ笑いしたあと、ヤスがそう言ったけど、それはやっぱNGだと思った。

だってあの写真を見たやつは全員、オレがその女の子とホテルに行ったと思いこんでんだろ？

てことはオレが青依ちゃんに近づいたら、あの子まで白い目で見られちまう。

あんなに純情でまじめな子が、男とホテル行ってると思われるなんて、かわいそすぎるだろ。

それに……。

「なんだよ、やさしくて、誠実で、頭いーライバルくんが気になってんの？」

ヤスが鋭く突いてくる。

「つーかな、ピッタリすぎんだよ、青依ちゃんに。スゲーいーやつなんだ、そいつ」

オレがポソッとそう言うと、ヤスはあきれた声をだした。

「お前さー、どーにかしろよ、そのあきらめ体質」

ヤスがグーで、オレの肩をドゴッと叩いた。

「お前は、それでいーのかよ」

ヤスはいつになくこわい顔をしてそう言った。

あきらめ体質……。たしかに……。

ヤスと別れてからも、オレは歩きながらそのことを考えていた。

いつのまにかオレ、なにかに期待すんのをやめちまってたもんな。

願ってもかなわないことばっかが増えていくから……。

だけどな、今回はがんばったほうなんだぜ？

孝也とあの子が歩いてるの見たとき、いったんはあきらめたからな、オレ。
オレなんかより孝也のほうがいいに決まってる。
今気づかなくても、青依ちゃんはいずれ気がつく。
そう思ったとたんに、動けなくなったんだ。
それでも……もう一度話したくてさそいだした。
自分のことをわかってほしいなんて、初めて思った。
だけど結果はこのありさまで……。
あの子は泣いちまうし、あんな写真は出回るし、ウワサになるからもう近づけねー。
これがオレの実力……な。
それを思い知った。
ずっとひきこもってなにもがんばってこなかったツケだ。
あの子を笑顔にしてやる自信が、オレにはない。
ずっととまらないあの子の涙に『じゃーな』っつって背中を向けた。
あれがオレらのラストシーン……か。

キミの心を

Ｓｉｄｅ．青依

貴方の心が見えなかったのは、
わたしが見ようとしなかったから。
どうして、
そんなことがわからなかったんだろう……。

塾のクラスが下がった。
ＳクラスからＡクラスへ。英語も数学も。
テストができなかったんだから仕方ない。

授業にも集中できていないし、勉強に身が入らない。
当然の結果だ。
律ちゃんは英語がSで数学がA。
藤沢くんは両方Sクラスのまま。
わたしだけが下がった。それも当然のこと。
ずっと純太くんのことで頭がいっぱいだった。
つきあう前も、彼女になってからも。
そうしてきっと、別れてからも……。
身のほど知らずな恋をした罰かな。
仕方ないよね。
純太くんのことは忘れて、また勉強しかない自分に戻るだけ。
もうなにも悩まなくていいし、なにも感じなくてすむ。
早く立て直そう、勉強だけの日々に。
それがわたしにはお似合いなんだから。
「…きしま、おい、月島」
ハッと我に返ると、塾の先生が目の前に立っていた。
Aクラスの英語の授業中。

「また、聞いていなかったね」

先生は今までにない冷たい表情をしていた。

「まったく、どうしちゃったんだ？」

下を向いたわたしに、先生のため息が降ってくる。

「……すみません」

「僕じゃなくて、これまでずっと努力してきた自分にあやまりなさい」

先生はそう言い捨てると、わたしの席からはなれていった。

どうしちゃったのか聞きたいのはこっち。

もう悩む必要なんてないのに、まだ心が全部、純太くんのほうへ向かっている。

やさしかった純太くん。かわいかった純太くん。

おとなびた表情。声。まつ毛。瞳……。

純太くんの手。純太くんの唇……。

どうしようもない、わたし。

純太くんを忘れるなんて、できない。

もうダメ。次のテストではBクラスに落ちるよ。

律ちゃんも藤沢くんも、ほかの顔なじみも誰もいない教室。

孤独《こどく》な気持ちで授業を終えると、わたしはとぼとぼと自転車置き場に向かった。

「月島さん」

あ。

後ろから声をかけられて振り向くと、藤沢くんが立っていた。

「おつかれ。途中まで一緒に帰ろう」

「あ、うん……」

この前みたいに、自転車を並べて歩きだす。

「Aクラスに落っこちちゃった」

自分からそう言うと、藤沢くんは「大丈夫だよ」と微笑んだ。

「テストの点で機械的にクラスを分けられちゃうけど、この前のテストがたまたま不調だっただけで、月島さんの実力が下がったわけじゃないんだから」

「そ……うかな？」

「次のテストがふだんどおりにできたら、すぐにSクラスに戻れるさ」

なんて、爽やかに言ってくれる。

「でも、なんだか集中できなくて……」

わたしがそう言うと、藤沢くんはフッと笑った。

「それは、例の……彼氏のせい？」

「え？」

顔をあげると、藤沢くんは「あっは」と笑いだす。

「純太なんだろ？　彼氏って」

「えっ、藤沢くん、純太くんのこと知ってるの？」

驚いて聞き返したら、藤沢くんは二回もうなずいた。

「知ってるもなにも、オレと純太は小学校のときからの親友なんだ。中学に入ってからは、一緒にいることはなくなったけど」

「そ、そうだったの？」

「うん。だからびっくりしたよ。あの写真」

そこで藤沢くんは、ちょっぴり言葉を切った。

「あいつとうつってたの、月島さんだよね」

あ……。

藤沢くんも、あれを見たらしい。あのキスの写真。

「顔は見えなかったけど、オレ、キミの服装でわかっちゃった。とか言ったら気持ち悪い？」

なんて藤沢くんは、照れくさそうに笑った。

自転車を押しながら並んで歩く道。

街灯に照らされて、アスファルトがチラチラときらめいている。

「衝撃的……だったけどね、あの写真。でも純太なら仕方ないやって思えたんだ」

そう藤沢くんは言った。

「オレ、大好きなんだよなぁ、あいつ」

そして、とても大切なことを告げるように、わたしに教えてくれる。

「あいつは、めちゃくちゃやさしいやつだよ」

「う……ん」

「たぶんオレの友達の中で、純太が一番やさしいんじゃないかな」

あ、それ……。

「修吾くんも同じこと言ってた」

わたしがそう言うと、藤沢くんはとてもうれしそうに笑った。

「アハ、やっぱり？」

「うんうん」と大きくうなずく。

「純太ね、動物とか好きでさ、低学年のころは毎日ウサギ小屋や鳥小屋に入り浸ってたんだ。何年生のときだったかな？　かわいがってたウサギが死んじゃって、あいつ泣いて泣いて大変だったんだから」

「フフ、かわいい」

それも修吾くん言ってたっけ。

「いや、笑いごとじゃないんだ。あのとき純太、泣きすぎて息ができなくなって、保健室に運ばれたんだから」

「えーっ、保健室に？」

「そうそう」

小さな純太くんが愛おしくって、ふたりして笑った。

「あいつ気にしてるだろ？　あんな写真が出回っちゃって」

話を戻して、藤沢くんがそう聞いてくれる。

「あ……。まだそのことについては、しゃべってなくて……」

「そうなんだ？」

純太くんとはもうダメかもしれない、なんて言えなかった……。

せっかく自分の気持ちを切り替えて、こうしてわたしに接してくれる藤沢くんに悪くて。

「似……合わないでしょ？　わたしと純太くんって」

思いきってそう聞くと、藤沢くんは不思議そうな顔をした。

「どうして？」

「だって純太くんとわたしとじゃあ、違いすぎるっていうか……。ちょっと温度差ありすぎて、ウザがられちゃってるかも」

なんて、なるべく明るく言ってみる。

そんなわたしを見て、メガネの奥の目がやさしく微笑んだ。

「オレはむしろ月島さんと純太って、お似合いだと思ったよ。だからかなわないと思ったんだ」

いつも数学の正解を教えてくれるみたいに、藤沢くんはスパッとそう言ってくれた。

「小学生のころの純太は、悔しくても悲しくてもすぐに涙がでちゃうやつだったけど、実は明るく笑ってる顔が一番印象に残ってる」

「うんうん」

パッと花が咲いたような純太くんの笑顔。

「それが今じゃあんまり笑わなくなって……、あいつ、こわれちゃいそうで心配だったから」

ちょうど別れ道の信号のところで足をとめ、藤沢くんはわたしを見た。

「だから純太に……、キミがいてくれたらいいと思う。すごく」

真剣な目。

藤沢くんが本気でそう思ってくれているのが伝わってくるよ。

「あ、うん。が、がんばる」

思わずそう答えていた。

がんばりたいよ。
純太くんが笑ってくれるのなら、いくらでもがんばれる。
だけど脳裏《のうり》に浮かぶのは、最後に『じゃーな』と言った冷たい純太くんの表情で、
いったいわたしはなにをがんばれるのか、純太くんはそれを望んでくれるのか、
どうしてもわからなくて立ちつくしていた。

次の日――。
何事もなかったように、また一日が始まる。
学校へ行き、席につき、授業を受ける。
休み時間には休憩して、チャイムが鳴って、また授業。
教室には純太くんがいる。
だけど決して目はあわない。
わたしだけがチラチラと、純太くんの様子をうかがうだけ。
純太くんの心の中には、もうわたしは存在しないのかな？
あの『じゃーな』で、すべてが終わってしまったのかな？
自分から話しかけて確かめる勇気なんて、わたしにはなかった。
律ちゃんいわく、あの写真のウワサは立ち消えになったみたい。

わたしと純太くんの取りあわせがウソっぽかったのか、結局他人事だからみんなそれほど興味がなかったのか。

純太くんも、みんなを脅すように否定してくれたしね。

それでも純太くんの友達とか、その彼女とか、わたしたちがつきあっていたことを知ってる人はいるはずなんだけど……。

あー。純太くんが女の子とあっけなく別れてしまうことなんて、いつものことなのかもしれない。

「月島さん、ちょっと顔貸してくれる?」

突然、小川翠さんから声をかけられたのは、その日の昼休み、食事がすんだすぐあとだった。

「え?」

うちの教室に勝手に入ってきて、律ちゃんと並んで座るわたしの肩をつかんで振り向かせ、それだけ告げると、小川さんはもう廊下へとでていく。

返事も聞かないで。

「あ、あの……」

そうして廊下で立ちどまって、こっちを振り返り……、たぶん、わたしを待ってる。

な、なに？

「わたしも行くっ」

律ちゃんが立ちあがり、ついてきてくれたけれど「あんたは呼んでないから」って、ピシャリと言われた。

「ひとりじゃ来れないの？　あんたとふたりで話したいんだけど」

そう言ってわたしをにらみつける。

「あ、うん。行く……よ」

「え、青依？」

青ざめた律ちゃんに「大丈夫だよ」と伝えて、わたしは小川さんについていった。

そりゃあこわいよ。なんかイヤなことを言われるのかもしれない。

だけど純太くんに『近づかないで』って言われなくても、すでに近づけない状態だし、『別れて』って言われなくても別れちゃいそうだし。

だからもう開き直るしかない。

「あのさー、あんた、どーゆーつもり？」

ズンズン進んでいった廊下の突き当たりで、小川さんはいきなり回れ右をしながらそう言った。

「純太と別れたって聞いたんだけど」

え？　小川さん、わたしたちがつきあってること……知ってたの？

「なによ、つきあってんでしょ？」

最初からケンカ腰で、小川さんは言う。

「あ、あの、でも純太くんはもう……別れたつもりでいるかもしれない」

「は？　なにそれ。別れたかどうか、自分でわからないの？」

イラついた小川さんが大声を出したから、体がビクンってなった。

「た、たしかめるのこわいし、話しかけられなくて……」

情けないけど、ホントのことを話してみる。

「なんて言われたのよ、純太に」

「ほかの子にすれば？って……。『じゃーな』って言われて、それっきり……」

「しゃべってないの？」

わたしがコクッとうなずくと、小川さんは「ん～」とうなった。

純太くんがどういうつもりなのか、小川さんでも判断がつかないみたい。

「だけど純太はあんたのこと、マジだったと思うよ」

小川さんはそう言うと、わたしの顔をジロリとながめた。

「あいつ、一緒に帰ろーなんてさそってくるから何事かと思ったら『彼女ができたからイジメんなよ』って、しつこいったらないの。結局それが言いたかっただけね」

あ……。

「あんたのことホントに好きなんだろうなって思ったよ」

そう言った小川さんは長いため息をついた。

知らなかった。

純太くんがそんなことを話していてくれたなんて。

そのために、あの日小川さんをさそって帰ったなんて……。

それなのに、わたしってば、小川さんと帰っていった純太くんを信じられなくなってうらんでたっけ。

自分のほうこそ、なんの勇気もだせなかったくせに。

「あんたがはずかしがり屋だから、つきあってること誰にも言うなよって、純太が言ってたよ。なのに、いきなりあんな写真が出回っちゃうんだもん、ビックリした」

そう言いながら、小川さんの表情が暗くなっていく。

「あれ見て、純太がホテルに女を連れこんだと思ってるバカが、結構いるんだよね。純太にとって、あそこがどんなに特別な場所なのか、知りもしないで」

そう小川さんは続けた。

「え？」

「純太はずっとあの場所へ行けなかったんだよ。事故のあと、みんなでお花を供《そな》えに行こうとしても、体が硬直して歩けなくなっちゃって……」

「事故……」

「それからずっと純太はあそこへ近づこうとしないって聞いてたから、あの写真見て、あそこへ行けたんだと知って、よかったなって思ったよ。あんたと出会って、純太はやっぱ変わったんだと思う」

悔しいけど、とつけ加えた小川さんの言ってる意味が、まったくわかんない。

そう言えば『ひとりでは行けないとこ』って言ってたけど……。

「純太くんは……ホテルに行くつもりじゃなかったの？」

おそるおそるそう聞くと、小川さんの口がポカンと開いた。

「え？　あんた、なんにも知らないの？」

「事故って……なに？」

ホテルに行くと思ったから、純太くんのことわからなくなったのに。

つきあっていく自信をなくして、挙句《あげく》にはケンカみたいになっちゃったのに……。

そうじゃなかったっていうの？

「あのホテルの前の道路は、純太のお兄さんが死んだ場所だよ」

低い声で小川さんが言った。

「三年前のあの日あの場所で、純太のお兄さんはバイクの事故で亡くなったの。即死だった」

頭をガーンって、殴られた気がした。

純太くんにお兄さんがいたなんて。

そんな悲しいことが……あったなんて。

わたし……なんにも知らなかった。

「三年前のあの日、って小川さん言ったけど、それはあの写真を撮られた日がお兄さんの命日だったってこと？」

「うん。たまたまなんだけど、あの事故の次の日がわたしの誕生日《たんじょうび》だったから、よく覚えてんの。時間もあれぐらいだったんじゃないかな？　お兄さんが亡くなった時刻にあわせて、純太はあんたを連れていったんだと思うよ」

そう……だったんだ。

だからあんな遅い時間にさそわれたのか。

大切なお兄さんが亡くなった事故現場……。

純太くんにとって、あの場所はそんな特別な場所だったんだ。

『ひとりじゃ行けねーところ』って彼は言った。

『青依ちゃん、ついてきてくれる？』って……。

純太くんはいったいどんな気持ちで、あそこへ向かっていたの……？

そ、それなのに、わたしってば……。

「あんたさー、それをなにも気づかないとか、ありえなくない？」

「う……」

本当に、なんでなにも感じなかったんだろう？

あの晩の純太くんはすごく無口で、なにか考えごとでもしているようだった……。

『話がある』って言ったのは、もしかしてお兄さんのことだったのかもしれない。

そうだ、買った缶コーラに口もつけずに、ガードレールの下に置いてたっけ。

あれはお兄さんへのお供えだったの……？

「純太はやさしい子だったから、お兄さんが死んじゃったこと、受け止めきれなかったんじゃないかな。だってウサギが死んだだけで、あんなに泣くんだよ？　実のお兄さんを亡くして、平気でいられるわけないじゃない」

小川さんの声がかすかにふるえる。

「それに、それだけじゃなかったから。純太の身に起こったことは……」

そこまで言って、小川さんはハッと口をつぐんだ。

なにか話してはいけないことがあるみたい。

「お、教えて。なにがあったの、純太くんに」

小川さんの腕を強く揺さぶる。

「興味本位でウワサ話にしたくないから」

小川さんはキュッと口を結んで、わたしをにらみつけた。

「興味本位じゃないよ。知りたいの。純太くんのこと、全部わかりたいの」

両手で小川さんの腕をつかみ、必死でユサユサと何度も揺すって、小川さんにたのみこむ。

「しつこいなぁ、もう」

そんなわたしを黙ってながめていた小川さんが、やっとそうつぶやいた。

「ただのまじめちゃんかと思ったら」

それから小さく息をつき、ポツポツと話してくれたんだ。

「純太のお兄さんが死んじゃったことを、受け止めらんなかったのは純太のお母さんも同じでね……。おばさん、純太の首を絞めて、無理心中を図ろうとしたらしい」

「えっ」

「でも、結局は純太を殺すことはできなくて、おばさんはひとりで川に身を投げたの。すぐに助けられて、一命は取りとめたんだけどね」

言葉が……でなかった。

「純太はハイネックのシャツを着て、隠してるつもりだったろうけど、あいつやせっぽちだったから見えちゃうんだよ、首にくっきり赤く絞められたあとが……。ずいぶん長い間ついてたっけ」

「そ……んな」

お兄さんのこと、お母さんのこと、そのことで純太くんの心が、どんなに深い傷を負ったのか……。

わたしは想像することすらできなかった。

「あれから純太はほとんど笑わなくなったんだ……」

小川さんはとても悲しそうにつぶやいた。

純太くんのことを好きだとか言いながら、わたしはいったい彼のなにを見てきたんだろう?

少し考えれば、気がつくはずだ。

どうして純太くんは不登校になったのか。

どうして純太くんは誰ともかかわろうとしないのか。

どうしてわたしはなにも知ろうとしなかったの?

それどころかわたしってば小さなことにこだわって、人からどう見られるのかとか、つまんないことばっか気にしていた。

純太くんのことを本当に想っているなら、気にすることは、もっとほかにあったはずなのに……。

「純太、ブルーの音楽プレーヤーもってるでしょ？　あれお兄さんの形見なんだよね。純太はいつもひとりでぼんやりとあれで聴いてた……。わたしたち、近くにいてもなにもできなくて、お兄さんの聴いていた曲だけが純太を救ってるのかと思うと、やりきれなかったな」

「ブルーの……プレーヤー……」

声がふるえた。

わたしが消してしまったあの曲は、純太くんのお兄さんのものだ。

わ、わたしは、なんてことを……。

思わず両手で口を押さえていた。

そうでもしなければ、大きな声をあげてさけんでしまいそうだった。

取り返しのつかないことをしたわたしに、純太くんはなんて言った……？

『いーよ、もう気にしなくて』

やわらかな笑顔がよみがえった。

「い……行かなくちゃ」

「ん？」

「あ、あやまんなくちゃ、純太くんに……」

「月島さん？」

うわごとのようにくり返すわたしを、小川さんがキョトンと見る。

「あ、ありがとう、小川さん。いっぱいいっぱい教えてくれて、ホントにありがとう」

そう言うと、わたしはクルッと身をひるがえした。


急いで教室へ戻る途中、階段の前で、ヌッと出てきた大きな体とぶつかった。

「キャッ」

はね返って、しりもちをつく。

「月島?」

「あ、修吾くん」

ちょうどよかった。

ムクッと起きあがり、修吾くんの腕をつかんだ。

「今、小川さんに聞いたの。純太くんのお兄さんのこと、お母さんのこと」

「ああ……」

急に腕をつかまえられて、修吾くんは目を丸くしている。

「純太くんが、どうして笑わなくなったのかってことも」

「……そっか」

「わたし、なんにも知らなくて……。だから知ってることは教えてほしいの。わたし純太くんのこと、ちゃんと知りたい」

そう言ったわたしの顔を、修吾くんは静かに見下ろした。

「純太は……笑わなくなったんじゃなくて、泣かなくなったんだ」

「え？」

「兄さんの葬式のとき、泣きくずれるおばさんの横に、純太はちょこんと座ってた。あいつ泣き虫だったからさー、オレは参列しながらずっと心配で見てたんだ」

修吾くんは当時を思い出すように遠い目をする。

「だけど純太は泣かないで、おばさんの代わりに、弔問客《ちょうもんきゃく》に小さく頭を下げて挨拶してた。憔悴《しょうすい》しきったおばさんが退席してからも、純太はひとりでしっかりそこに座ってたんだ」

ウサギが死んでも涙がとまらなくなる純太くんが、そんなにがんばったんだね。

「それからたしかにあいつは感情を表さなくなったし、すっかり無気力になっちまったけど、……」

そこで修吾くんは言葉を切って、わたしを見た。

「けど、月島と仲良くなって、笑顔を取り戻して……、結局のところ純太はオレなんかよりずっと強くなった」

修吾くん……。

「それがオレの知ってること」

そう胸を張った修吾くんの笑顔を見あげる。

「わたしも強くなりたい……！」

純太くんみたいに、強くなりたい。そう思った。


修吾くんにお礼を言って、また廊下をかけだした。

純太くんに伝えたいことがいっぱいある。

いっぱいいっぱいいっぱいいっぱい、ある。

ガラッと教室の戸を開けて中へ飛びこむと、黒板の前に純太くんの背中が見えた。

自分の席に向かって歩いていくところ。

「じゅ、純太くんっ」

思いっきり大きな声を出した。

騒がしかった教室が一瞬にして静まり返る。

「青依ちゃん……？」

振り向いた純太くんは、驚いた顔をしていた。

「は、話があるの。聞いてほしいの。きょ、きょ、」

「きょきょ？」

「きょ、今日、一緒に帰ってくれるっ？」

『え？』

『なに、それ』

静まっていた教室が、とたんにざわめきだす。

「バ……カ。んなこと言ったら、オレとつきあってると思われっぞ」

突き放すように純太くんは言った。

「も、もう、つきあってないの……？」

「だからっ、オレにホテルに連れこまれた女だと、カン違いされるっつってんの」

そう言い捨てると、純太くんはもう背を向けて歩きだす。

「そっ、そうなのっ。ホテルに行くと思ったの！」

その背中に向けて、言葉を放った。

「あのとき純太くんにホテルに連れていかれると思ったから、ビックリして、悲しくなって、こわくなって、『帰りたい』って泣いたの」

純太くんの足がとまる。

「でも、純太くんはそんなつもりじゃなかったんだよね？　あの日はお兄さんの命日で、あの場所はお兄さんが事故で亡くなった場所だって、小川さんが教えてくれたの」

振り向いた純太くんは黙ってこっちを見て、それから小さくため息をついた。

ハッ。こ、こんな話、みんなの前でぶちまけちゃうなんて、わたし無神経だ。

「あの、ゴメンなさい。だけどほかにもいっぱい話したいことがあるの。だから、きょ、今日の帰り一緒に帰って……！」

純太くんはなにも答えてはくれない。

ただ視線だけが静かに、こっちに向けられていた。

だけど表情は読めなくて……。

やっぱりもう、わたしのことはイヤになっちゃった？

それでも、気持ちだけは伝えたいよ。

お願い、純太くん……。

『いーよ』って言って。

「純太、お前なんとか言えって」

わたしのすぐ後ろ、教室の入り口のところで聞いていた修吾くんが声をあげた。

『やっぱ、そーだったんだ、あのふたり。意外〜』

『けど、ホテルへは行ってないんだね』

『月島さん、フラれちゃうんじゃない？』

『かわいそー』

いろんな声が聞こえるけれど、もうなにを言われたってかまわない。

純太くんが一歩踏みだした。

二歩、三歩、スタスタとこっちに向かって歩いてくる。

そうして目の前まできた純太くんは、スッとわたしの手を取った。

「帰りまで待てねーし」

その手を引いて、純太くんはそのまま入り口へと歩きだす。

「こら、お前ら早く席につけ」

ちょうどそのとき教室へやってきた担任の前川先生が大声をだした。

いつのまにかチャイムが鳴ってたみたい。

「チッ」

純太くんは小さく舌打ちをする。

すると突然、教卓の真ん前の席から、小西くんが言った。

「先生、矢代くん、肋骨の折れたところが痛むそうです」

え？

「お、そーなのか？」と先生。

純太くんは、すかさずわたしとつないでいた手をはなし、その手で胸を押さえて「うう」とうなった。

「保健室行ってくるわ」

なんて、先生にタメ口で告げている。

「そーだな。誰かついてってやれ。え〜と、保健委員は……」

着席するみんなのほうを見渡す先生に、誰かが言う。

「月島さんで〜す」

へ？

声をあげたのは御堂さんだった。

で、でも、わたし美化委員だよ？

くじ引きで保健委員に決まったのは、たしか……、

あ、御堂さんだ。

わたしの席の後ろに目をやると、御堂さんはニッと笑って、Vサインをしてくれた。

あ、ありがとう……！

廊下へ出ると、純太くんはこっちを見ずに、歩きだす。

右手だけがヒョイと、わたしの手をひいて……。

すっぽりとわたしの手をおおう純太くんの大きな手。

う。今ごろになってドキドキしてきた。

授業が始まり誰もいない廊下。

窓から差す陽は明るくて静かだ。

あれ?

左側に曲がって階段を降りるのかと思ったら、純太くんは真っすぐに歩いていく。

保健室は一階だから、ここで降りなきゃいけないんだけど。

「ほ、保健室は?」

「プ、行かねーだろ、フツー」

聞いたら、笑われた。

渡り廊下を行き、隣の校舎のはずれまで手をひかれていく。

その手がはなれ、純太くんは突き当たりの鉄製の扉を開けて、非常階段へでた。

「うわ、この扉、開くんだね」

「ヤスのサボリスポットな」

わたしも続いて外へ出ると、非常階段の上は見晴らしがよくて気持ちいい。

裏庭《うらにわ》の木々の緑が眼下に広がる。

サーッと風が吹き抜け、純太くんの髪を揺らしていった。

「なに？　話って」

わたしの顔を仰ぎながら、純太くんはゆっくりと階段を降りていく。

「あ、うん」

わたしもトントンと鉄製のステップを踏みしめながら、純太くんのあとを追った。

四階と三階の間の踊り場で、純太くんがとまる。

それから次の段に足を投げだすように座ったから、わたしも真似《まね》て隣に座った。

「ゴメンなさい！」

そのまま深く頭を下げる。

「わたし、大切な歌、消しちゃった」

頭を下げたままそう言うと、やわらかな声が降ってきた。

「オレ言わなかったっけ？　気にしなくてい－って」

顔をあげると、純太くんは自分の膝に片肘をついて、わたしのことをながめている。

「だけど、取り返しがつかない。お兄さんが残した曲、消えてなくなっちゃったんだから……」

「入ってた曲なら、全部覚えてるよ。聴きたくなったら、また入れればい－」

なんて、純太くんはやさしく言ってくれた。

「でも……」

純太くんのお兄さんが毎日聴いていた曲。

口ずさんだり、心に刻んだり、お兄さんが生きて、感じた、命が息づいている曲。

だからこそ純太くんが、その体温を感じてきた曲。

たとえ同じ曲を入れ直しても、それはもとのものとは違う気がするよ。

そんなかけがえのないものを、わたしは消しちゃったんだ……。

するとパフッと、純太くんがわたしの頭に手のひらをのっけた。

「歌がもとに戻っても、兄貴は戻んねーから」

ポンポンとその手のひらがわたしの頭をなでる。

「オレが歌聴いて感傷に浸ってたって、兄貴は帰ってこねーから。だから、青依ちゃんはそんなこと、気にしなくていーよ」

純太くん……。

わたしの頭の上にあった手をもとに戻しながら、純太くんは微笑む。

顔は笑っているのに、静かに注がれた視線がさびしそうに見えて、胸が痛かった。

そうだよね。純太くんはもっともっと大きな悲しみを抱えている。

失ったのは曲ではなくて、お兄さんなんだから……。

『純太は強くなった』って言った修吾くんの言葉を思い出した。

「ゴメンねっ。あの歌は全部、純太くんの支えだったのに……」

そんな純太くんのつらさや悲しみを和《やわ》らげてくれる存在だったのに。

「ゴメンね、ゴメンね」

涙がこぼれた。

なにもできない自分がうらめしかった。

「支えなら、いっぱいあっから」

純太くんの長い指先がゆっくりとわたしの涙をすくう。

「それに気づかせてくれたの、青依ちゃんだろ?」

「え?」

「オレがどんなに背を向けても、オレのこと気にしてくれてるやつがいるって、最近になってやっとわかってきた」

「あ、うん……。修吾くんも、ヤスくんも。藤沢くんも、小川さんも」

「母親も、担任の前川も、みんな……」

みんな純太くんのことが大好きだ。

みんな純太くんのことを大切に思ってるよ。

「わかりあえっこねーって、そっぽ向いてたのに、青依ちゃんがいるだけで、いろんなことが変わってくのな」

「え、それ、わたしかな?」

純太くんがそう思えるようになったのは、わたしの力では、きっとない。

「青依ちゃんがオレとかかわって、真っ赤になったり、泣いちゃったり、ふるえてたり、笑ったり。オレなんかのために、なんでか青依ちゃんはいつも一生懸命で……」

涼しげな瞳が、きゅっと閉じた。

「マジうれしかった」

純太くんはポツッとそう言った。

それからスーッと息を吸うと、純太くんは空を見あげる。

「誰にも……わたしたくないと思った」

そう言ったきり黙ってしまった純太くんを、わたしは小さな声で呼んだ。

「純太くん……？」

ツーッと、涼やかな視線がわたしのもとへと戻ってくる。

「けどオレ、もしも青依ちゃんがオレじゃなくて、孝也のことを好きになっても、しゃーねーって思ってっから」

「え？」

「オレ、教室で青依ちゃんに会えるだけでいーや。青依ちゃんが笑ったり泣いたりしてるのを見てるだけで、きっとがんばれるし」

「どう……して？」

「まー、そんだけ青依ちゃんが大切な人だってこと？　別れてもそーゆー関係になれるって思えるぐらい」

そう言って笑った純太くんの言葉の意味がわからない。

笑顔の意味がわからない。

「こんな気持ち……オレだけ？」

「オ、オレだけだよ、そんなの！」

思わずそう答えたら、純太くんは目を丸くした。

「わたしは、純太くんがほかの女の子を好きになるなんてやだ。か、か、悲しくて泣いちゃう。わたしだけを見てほしいって思っちゃう」

もっと激しくてみにくくて、自分では手に負えない気持ちが、涙と一緒にあふれてくる。

「だけど、あきらめなくちゃいけない？　もういらないの、わたし？」

別れるってこと……だ？

「……」

返事がないから、涙を拭って隣をあおぐと、純太くんはなんだかポカンとこっちを見ていた。

「え、孝也とつきあうだろ？」

「つきあわないよ！」

「知らねーの？　あいつ、スゲーいーやつよ」

なんてマジで言う。

「それ、藤沢くんも言ってた。純太はやさしいやつだって」

わたしがそう答えると、純太くんは驚いた顔をした。

「孝也としゃべったのか？　オレのこと」

「うん。がんばれって言ってくれた……よ？」

「マジか……」

それから純太くんは、とっても不思議そうに聞いたんだ。

「青依ちゃんは、それでいーの？」

「なにが？」

「オレとはぜんぜんあわねーって泣いただろ？　思ってたのと違うって」

「そ、それは純太くんがホテルへ行くんだと思ったから……」

カン違いがはずかしくて、声が小さくなっていく。

「キス……イヤがって泣いてたのに、逆にオレ熱くなっちまって……」

純太くんも声のトーンを落とした。

「青依ちゃんには、もー嫌われたと思ってたんだ。スッゲー泣かしちまったし……、孝也に勝てる要素、オレぜんぜんもってねーもん」

じっとわたしを見つめて、純太くんはそんなことを言う。

「だからもう青依ちゃんが泣かなくてもすむように、別れを切りだしやすくしたつもりだったんだ」

「じゃあ、さっきのは本心じゃないの？　藤沢くんとつきあってもＯＫみたいな……」

おそるおそる聞いてみた。

「プッハ、やせガマンだし」

こんなところで純太くんのかわいい笑顔がこぼれる。

その笑顔に勇気をもらった。

「純太くん知らないの？　わたし、純太くんのことが……大好き」

澄んだ瞳から目をそらさずに、一生懸命に伝えた。

「純太くんには釣りあわないって、いつもいつも劣等感があって素直になれなくて。嫌われたと思ってたのは、わたしのほうだよ」

言いながら、自然と涙がボロボロこぼれてくる。

「やっぱ泣くんだ……」

純太くんはそんなわたしを見て、ボソッとつぶやいた。

それからクイッと、わたしの腕をひっぱる。

「キライなわけねーから」

そう言い聞かせるように、わたしの頭に手をやり、純太くんは自分の胸に抱きよせてくれた。

「青依ちゃんの泣く場所はここ、な」

低くそっと、教えてくれる。

「で、でも、骨が折れてるよ？」

「えっ？　ま、まぁ……折れてはいるけど、」

泣きながら言ったわたしの返事がおかしかったのか、純太くんはプククって笑いだした。

それから少しの間、純太くんはわたしの髪をなで、背中をトントンってしてくれた。

「好きなんだ……」

やさしい声を純太くんの腕の中で聞く。

「オレ、青依ちゃんのことが好きだよ」

やっぱり涙がこぼれて、コクンとうなずくことしかできなかった。

「キス……イヤ？」

純太くんの低い声。

腕の中から見あげると、澄んだ茶色い瞳がじっとわたしをとらえていた。

こ、こんな間近で見つめられると、やっぱり心臓がバクバクしてくる。

「ううん……。あの夜は純太くんの気持ちがわかんなくなっちゃっただけで」

なんかうまくしゃべれない。

「今は？」

「わか…る……」

全部言い終わらないうちに、唇をふさがれた。

「ん……」

乱暴ではないけれど、いきなりの深いキス。

「ゴメン、待てねー」

やっと唇がはなれたとき、かすれた声がささやいた。

「じゅんた……く……」

「も……手が届かないと思ってたから」

低い声が、吐息となって耳の中へ吹きこまれる。

「あ……」

思わず小さな声がこぼれた。

それから、耳たぶに甘いキス。

頬にも、まぶたにも……。

そして唇に触れる、切ないキス……。

「ヤベー、とまんねー」

やっと体を離して、純太くんはドンッと鉄柵《てっさく》にもたれかかった。

「暑っち～」

風に吹かれながら、シャツの胸元を手でパタパタとやっている。

「んじゃ、戻るか」

しばらく幸せな余韻《よいん》に浸《ひた》っていると、純太くんがいきなり立ちあがった。

「へ、教室へ戻るの？」

「うん。オレはこのまま下へ降りて、一応保健室よって帰るから。青依ちゃんは先戻っといて」

なんて純太くんはフツーに言う。

「も、もうちょっとふたりっきりでいたいかも……」

思わずそう言ったら、チョコンと頭をつつかれた。

「不良～。授業中だぜ」

「だって……」

不満げなわたしを見下ろして、純太くんはクスクス笑う。

「オレ、青依ちゃんにふさわしー男になんなきゃなんねーから、そうそうサボってらんねーのよ」

それから少しまじめな顔つきになって、純太くんはこう告げた。

「今さらだけど……高校いくわ」

「わ、そうなんだ?」

「遅れてっから相当がんばんなきゃな～」

「じゃあ、わたしもがんばる!」

はりきって両手をグーにする。

「いや、青依ちゃんは頭いーから、もういいって。よけい差が開くだろーが」

純太くんがマジで迷惑そうに言うから、ちょっと笑ってしまった。

「でも、わたしもがんばんなきゃ、勉強おろそかになってるし」

「そっか、んじゃ、一緒にがんばろーな」

「うん!」

鉄製の非常階段を純太くんが降りていく。

トトン、トトン、って足音がはずんでいる。

スーッと深呼吸して、わたしも階段をのぼり始めた。

足音と一緒に口笛が聞こえてくる。

空が青くて気持ちいい。

そのとき、下から純太くんの声がひびいてきた。

「青依、今日、一緒帰る？」

「帰る！」

さけんだ声が、晴れた空に吸いこまれていった。

FIN

あとがき

青依と純太の恋を最後まで見届けていただき、ありがとうございます！

切なくてやさしい初恋ストーリーを書きたくて、綴《つづ》りはじめた物語です。なにかと自分に自信の持てない青依と、まるで人生をあきらめてしまったような純太。

純太を書くにあたっては「あ、こんな子いそう」と思えるぐらいの設定にしたいと思いました。

ちょっと不良っぽいクラスの男子。的な。

ケンカ最強だったり、冷たく凍りついた孤高《ここう》なイメージではなく、等身大の存在であってほしかった……。

だから純太には欠点がいっぱいいっぱいあります。

言葉足らずで、後ろ向きで、投げやりで。

でも誰よりも繊細でやさしいから、悲しい過去から動けずにいる……。

そんな純太の言動に、青依と一緒にハラハラきゅんっとしていただけたら、とてもうれしいです。

それから、ふたりを取り巻く友人関係──。

純太なんかあんなに世の中にそっぽを向いて、心を閉ざしているのに、すぐ横では修吾やヤスがゴロゴロ寝転がってマンガを読んでいる。

で、ときどき文句をつけあったり……。

戸惑う青依の隣には、いつも律ちゃんがいてくれるし……。

そんなキャラクターたちの温かさに支えられ、この物語が、皆さまの心に一瞬でも触れることができたなら、とてもとても幸せです。

今回、幸運なことに野いちご文庫として本にしていただき、イラストレーターの晴路キサさんがその世界を広げてくださいました。

最後になりましたが、いつも支えてくださる読者の皆さまと、この本を刊行するにあたってご尽力《じんりょく》いただいたすべての方々へ、心から御礼申し上げます。

この本を手に取り、読んでいただき、本当にありがとうございました。

二〇一七年十一月

tomo4

この物語はフィクションです。実在の人物、団体等とは一切関係がありません。

tomo4先生への
ファンレター宛先
〒104-0031　東京都中央区京橋1-3-1　八重洲口大栄ビル7F
スターツ出版（株）書籍編集部気付　tomo4先生

今夜、きみの手に触れさせて

2017年11月25日　初版第1刷発行

著　者　tomo4　

発行人　松島滋
イラスト　晴路キサ
デザイン　齋藤知恵子
DTP　朝日メディアインターナショナル株式会社
編集　長井泉
編集協力　ミケハラ編集室
発行所　スターツ出版株式会社
〒104-0031
東京都中央区京橋1-3-1 八重洲口大栄ビル7F
TEL 販売部03-6202-0386（ご注文等に関するお問い合わせ）
https://starts-pub.jp/

印刷所　共同印刷株式会社
Printed in Japan

ISBN 978-4-8137-0358-7　C0193

恋するキミのそばに。

野いちご文庫

可愛いカラーマンガつき！

365日、君をずっと想うから。

SELEN《セレン》・著

本体：590円＋税

彼が未来から来た切ない理由って…？
蓮の秘密と一途な想いに、泣きキュンが止まらない！

イラスト：雨宮うり

ISBN：978-4-8137-0229-0

高2の花は見知らぬチャラいイケメン・蓮に弱みを握られ、言いなりになることを約束されられてしまう。さらに、「俺、未来から来たんだよ」と信じられないことを告げられて!?　意地悪だけど優しい蓮に惹かれていく花。しかし、蓮の命令には悲しい秘密があった ――。蓮がタイムリープした理由とは？　ラストは号泣のうるきゅんラブ!!

感動の声が、たくさん届いています！

こんなに泣いた小説は
初めてでした…
たくさんの小説を
読んできましたが
1番心から感動しました
／三日月恵さん

こちらの作品一日で
読破してしまいました（笑）
ラストは号泣しながら読んで
ました。°(´つω·`。)°
切ない……
／田山麻雪深さん

1回読んだら
止まらなくなって
こんな時間に!!
もう涙と鼻水が止まらなく
息ができない(涙)
／サーチャンさん

恋するキミのそばに。

野いちご文庫

甘くて泣ける3年間の恋物語

スケッチブック

桜川《さくらがわ》ハル・著

本体：640円＋税

初めて知った恋の色。
教えてくれたのは、キミでした──。

ひとみしりな高校生の千春は、渡り廊下である男の子にぶつかってしまう。彼が気になった千春は、こっそり見つめるのが日課になっていた。2年生になり、新しい友達に紹介されたのは、あの男の子・シィ君。ひそかに彼を思いながらも告白できない千春は、こっそり彼の絵を描いていた。でもある日、スケッチブックを本人に見られてしまい…。高校3年間の甘く切ない恋を描いた物語。

イラスト：はるこ

ISBN：978-4-8137-0243-6

感動の声が、たくさん届いています！

何回読んでも、感動して泣けます。
／trombone22さん

わたしも告白してみようかな、と思いました。
／菜柚汰さん

心がぎゅーっと痛くなりました。
／棗 ほのかさん

切なくて一途でまっすぐな恋、憧れます。
／春の猫さん

恋するキミのそばに。
野いちご文庫
それぞれの片想いに涙!!
早く俺を、好きになれ。
「ずっと、お前しか見てねーよ」
照れくさそうに笑うキミに、
私はいつからドキドキしてたのかな…?
miNato《ミナト》・著
本体：600円＋税
イラスト：池田春香
ISBN：978-4-8137-0308-2
高2の咲彩は同じクラスの武富君が好き。彼女がいると知りながらも諦めることができず、切ない片想いをしていた咲彩だけど、ある日、隣の席の虎ちゃんから告白をされて驚く。バスケ部エースの虎ちゃんは、見た目はチャラいけど意外とマジメ。昔から仲のいい友達で、お互いに意識なんてしてないと思っていたから、戸惑いを隠せず、ぎくしゃくするようになってしまって…。
感動の声が、たくさん届いています！
虎ちゃんの何気ない優しさとか、恋心にキュン♡ッッとしました。(*プチケーキ*さん)
切ないけれど、それ以上に可愛くて爽やかなお話し(かなさん)
一途男子ってすごい大好きです!!(青竜さん)

恋するキミのそばに。

♥野いちご文庫♥

感動のラストに
大号泣

本当は、何もかも話してしまいたい。
でも、きみを失うのが怖い——。

おはよう、きみが好きです。

The message I want to tell you first when I wake up

涙鳴《るいな》・著

本体：610円＋税

イラスト：埜生

ISBN：978-4-8137-0324-2

高校生の泪は、"過眠症"のため、保健室登校をしている。1日のほとんどを寝て過ごしてしまうこともあり、友達を作ることができずにいた。しかし、ひょんなことからチャラ男で人気者の八雲と友達になる。最初は警戒していた泪だったが、八雲の優しさに触れ、惹かれていく。だけど、過去、病気のせいで傷ついた経験から、八雲に自分の秘密を打ち明けることができなくて……。ラスト、恋の奇跡に涙が溢れる——。

感動の声が、たくさん届いています！

何度も何度も
泣きそうになって、
すごく面白かったです！
(♡Haruka♡さん)

八雲の一途さに
キュンキュン来ました!!
私もこんなに
愛されたい…
(捺聖さん)

タイトルの
意味を知って、
涙が出てきました。
(Ceol_Luceさん)